镜
像

U0964627

方尖碑 出品

红胡子诊疗谭

[日]山本周五郎 著　隋泽宇 译

古吴轩出版社

山本周五郎

目录

疯女的故事

一

来到大门前，保本登停下脚步，望着门房愣神。宿醉令他胃里翻江倒海，脑袋也昏昏沉沉。

“就是这儿了，”他小声自语道，“小石川养生所①。”

他嘴上念叨着，心里想的却是千草；他眼睛望着门房，眼前浮现的也是千草的身影。千草个子高挑，体态雍容，曲线圆润，白皙的鹅蛋脸上生着大眼睛、高鼻梁。只要伸手摸她一下，她就立刻红起脸来，眼里漾起秋波，那神情就像在邀请他似的。

“不过三年而已，”他又自语道，“为什么不肯等我啊，千草，为什么啊？”

此时，一位青年一面向门口走去，一面回过头来看他。青年的穿着和发型一看就是医生。阿登这才回过神来，跟在青年后边来到门房。他向守门人报上姓名，那青年听见了又折回来，

① 日本江户时代，幕府在江户设立的免费医疗机构，主要面向贫民。

问他是不是保本先生，阿登点点头。

“我知道他，”青年跟守门人打招呼，“我来带他进去吧。”

他向阿登颔首说“请进”，并有模有样地拱手一揖，然后同他并排进了门。

“敝人津川玄三，”青年热情地说，“可把您给盼来了。”

阿登看着他，沉默不语。

“是这样的，”青年微笑道，“您来了，我就能离开这儿了。也就是说，您要和我交接了。”

阿登疑惑道：“我只是临时被人叫来的而已。”

“您去长崎游学过吧，”津川岔开话题，“您在那边待了多久？”

“三年多。”

“三年”这个词，又使阿登想到了千草。阿登不禁锁紧了眉头。

“这儿可糟糕啦，”津川顾自说了起来，“要说有多糟，您在这儿待上一阵子就知道了。患者净是些穷人，身上长满了跳蚤和脓包，又臭又蠢；而且工资少得可怜，还得不分昼夜地被红胡子使唤。简直后悔当初立志成为医生，太糟糕了，这儿真的是太糟糕了。”

阿登仍旧一言不发。

我只是临时被人叫来的而已。

我怎么可能被打发来这种叫作“养生所”的地方工作呢？肯定是因为我在长崎游学过，被叫来咨询点事情而已。这人误会了。阿登心想。

从大门进来，在化了霜的碎石路上走五十步，便到了一幢建筑跟前。这建筑破旧不堪，门檐东倒西歪，屋顶瓦片掉得七零八落，两侧的柱子也斑斑驳驳。津川玄三走到门侧，告诉阿登鞋柜的位置，然后同阿登一起进了门。

顺着走廊向前便是休息处，许多人聚集在此，多半是等待检查的病人。有中年的男女，也有小孩子。大家衣着寒酸，周身散发着垃圾场或烂水果似的刺鼻气味。

“这帮人都是来看病的，”津川抬手扇着鼻子前的空气，“免费在这儿看病拿药。这帮人，活着还不如死了好。”说完，津川露出嫌恶的表情，伸手示意了方向：“这边请。”

穿过连廊向右转，津川在尽头的房间停下，报上自己的姓名。房间里传来一声“进来吧”，声音浑厚，余音回荡。

“他就是红胡子。”津川悄声道。他向阿登使了使眼色，然后拉开纸门。

这是个纵深的房间，像是两个六帖①的房间连在了一起。尽头是一扇齐腰高的窗子，左右两侧是三段式柜子。老旧发黄的橡木柜看起来十分结实，上面两层是架子，最下面一层是左右并排的两个抽屉。抽屉里放的无疑是药品，每个抽屉上都贴着写了药名的签子。窗子朝北开，一位老人背窗而坐。冷光透过旧得发黑的纸窗，映在老人宽厚结实的后背和灰白蓬乱的头发上。

津川玄三坐下来问候了老人，并汇报了与保本登同来之事。

---

① 帖：同“畳”，计数榻榻米的量词。

老人却不发一言，伏在小桌上写着什么。鼠灰色的筒袖①外搭配了同色但稍显怪异的袴②。与其说是“袴”，倒不如称之为“裁付”③。虽然腰部有些袴的褶皱，但是小腿裤管很细，脚腕处也用带子紧紧缠了起来。

这个房间里没有火盆。因为朝北，房间里没有一丝阳光，空气里弥漫着一股子药腥味，冷得彻骨。坐在房间里，寒气便从小腿向上，蔓延至全身。终于，老人停下了笔，面向来人。他前额宽阔敞亮，面部棱角分明，嘴周直到下巴都生着浓密的胡须，浓且长的“长命眉”下是一双炯炯有神的眼睛。他的嘴抿成“へ”形，再配上那双眼睛，看起来既有犬儒派学者的玩世不恭，又有小孩子一般坦然的好奇心。

难怪被叫作“红胡子”，阿登心想。

虽然他的胡子是白灰色，但那张刚毅的脸与“红胡子”非常相配。他的年龄看起来约在四十到六十之间，将不惑之年的精悍与花甲之年的稳重集于一身，却无丝毫违和之处。

阿登行了礼，报上姓名。

“新出去定。”红胡子道。

他凝视着阿登。那眼神仿若锥子深插进来，尖锐且肆无忌惮。他紧紧地盯着阿登的脸，然后语气坚决地说道：“你从今日

---

① 筒袖：窄袖和服，没有袖兜的和服。

② 袴：套在和服外，从腰部遮到脚部的宽松衣服。

③ 裁付：劳动时穿的袴，小腿裹紧。曾为地方武士穿着，江户时代成为平民的工作着装。

起在这补缺见习，你的行李，我们给你取来。”

“但是，我……”阿登吃了一惊，“慢着，我只是临时被人叫来……”

“叫你来就是为这事。”去定打断他，向津川道，“带他去房间。”

二

保本登作为见习大夫住进了小石川养生所。

他心里愤愤不平。他立志成为幕府的侍医①，故而去长崎游学，回到江户后原本应当成为幕府的见习大夫。他的父亲保本良庵是麹町五丁目的一名开业大夫，父亲有个朋友是幕府的侍医，叫作法印②天野源伯。这位侍医很久以前就认可了阿登的才能，不仅为他去长崎游学行了方便，还答应推荐他做幕府的见习大夫。

阿登把这些说与津川玄三听。

“背靠这么一棵大树还落得这般田地，这说明……”津川说到这里笑了，像在暗示什么似的，“还是别抱希望了。半个月前我就听说您要来这儿了，红胡子好像格外中意您呢。”

津川带他来到房间。

---

① 侍医：江户幕府中的一职，隶属若年寄，负责为殿中职员看病。

② 法印：武士时代授予医生、画师等的称号。

他的房间在新出的前面，位于左边那道走廊的右侧，是三间并排小屋中的一间。津川先是去了最里面一间，向他介绍了同为见习医生的森半太夫。半太夫是个精瘦的男人，看样子有二十七八岁，长着一张阴郁的脸，神态疲惫。

“哦，我听到传闻了，”半太夫在报上自己姓名后说道，“这里可是十分辛苦的，不过只要你有心，能学到的东西也很多，将来一定会派上用场的。”

半太夫的语气很柔和，但声音听起来就像是棉花里裹着刀子，那双澄澈平静的双眼深处，也像是藏着剃刀一般。阿登注意到了，他一直在无视津川。津川说的话他概不回应，也从未看津川一眼。

“听说他是相模那边有钱农家的次子，”津川在走廊上窃声道，“虽然跟我合不来，但也是个难得的人才。”

阿登置若罔闻。

半太夫隔壁是津川的房间，津川隔壁就是阿登的房间了。每个房间都是六帖大小，窗户全部朝北开，光线昏暗，地上没有铺榻榻米，只有一层薄板，房间各处看上去十分阴冷。窗前是一张老旧的小矮桌，跟前放着一张蒲草编成的圆垫。矮桌一侧是龟裂的墙壁，另一侧是镶着厚重门板的柜子。

“这里不铺榻榻米吗？”

“所有房间都没铺，”津川摊了摊手，“正式医生的房间也是这样，病房也只铺着薄板，寝具就铺在地板上。”

阿登低声嘟囔：“像牢房似的。”

"大家都这么说，尤其是病房那帮病人，"津川嘲讽道，"他们本来就是穷人，处处不如人家，生病了也只能在这种机构里治疗，更是觉得自己寒酸。而且，穿的还是那种衣服。"

阿登想起红胡子穿的和服，森半太夫也穿了一样的。询问津川之后，阿登才知道这里的医生不论冬夏都穿同样颜色、同样款式的服装，病房的患者则一律是白色筒袖和服。款式不分男女，衣服上缝着童衣才有的带子，据说是为了方便解开衣服进行检查。但是病人们却不买账，不断抱怨自己住的屋子像牢房一样只铺了薄地板，穿的也像囚服。

"这是一直以来的规矩吗？"

"这是红胡子殿下的改革，"津川耸耸肩，"他是这儿的独裁者。他热心诊疗，医术超群，深得大名诸侯和富豪们的信赖。但是在这儿，因为过于独断专横，大家都烦他得很。"

"这里好像也不用火盆吧。"

"除了病号楼以外吧，"津川答道，"因为他觉得江户的寒冷程度，反而对健康有益呢。而且，除了病号楼都没有买炭的预算。正好，我带你去转一圈吧。"

二人走出了房间。

他们先是去了值班大夫的守候室，接下来依次去了外部门诊室、配药室、住院病人配膳房和医务人员食堂。然后，津川在南门口换上庭院用的木屐，走进了院子。

南门位于走廊一角。出了南门，对面便是厨房。那是间只有一层的瓦房，约有三十坪①，旁边是一口有屋顶的水井，四五个女人在井边洗菜，像是准备腌菜。洗好的菜堆成了小山，那些白茎和绿叶沐浴在晨光里显得水灵灵的，新鲜得令人眼前一亮。

三

津川指着其中一个女人，说道："你看右数第二个，戴着黄色束袖带的姑娘，正在堆菜的那个。她叫小雪，是森大夫的恋人。"

阿登毫无兴趣地看了她一眼。

这时，从病房那边来了个十八九岁的少女，连声唤着津川。少女面容姣好，言行举止像是富商家的女佣。她像是着急赶过来的，喘得上气不接下气，脸也涨得通红。

"她又开始剧痛了，"女人气喘吁吁道，"药用完了，能不能劳烦您立刻配一服？"

"你去问问新出大夫，"津川答道，"除了新出大夫，没人能配那药。他就在房间里。"

女人瞄了一眼阿登。或许是感受到了阿登的视线，在与他擦肩而过的时候，女人飞快地瞟了他一眼，红着脸颔首示意后，便小步跑向南门。

① 坪：源于日本传统计量系统尺贯法的面积单位。

津川催促阿登继续往前。沿着南边的病房一直走，便到了一处约二百坪的狭长空地，对面是围着栅栏的药园。这里原本是“小石川御药园”，是直属幕府的药草栽培园，大小约一万坪，被一条路分成南北两处。养生所位于南栽培园内，但因地处高地西头，站在药园里地势较高的地方便能眺望西边的广阔风景。

药园内十分单调。正值冬季，药用的草木枝叶枯槁，一律包着防霜用的稻草围子，旁边插着写有各自品名的牌子。二人走在雪融后泥泞的小路上，见到了几个负责打理药园的园丁。他们有的在翻土，有的在给植株换稻草，大家见到津川都停下来跟他打招呼。津川向他们介绍了阿登，他们礼貌地向阿登报上自己的名字。身形肥硕的老人叫五平，像枯木一般瘦高、面无表情的年轻人叫吉太郎，还有次作、久助、富五郎……阿登一一记住了他们的名字。

“五平，你那边怎么样了？”津川问道，“还没好？”

“快了，”老人用手挠了挠肥厚的双下巴，很享受似的眯起眼，点点头，“没错，快好了。”

“我二月底就不干啦，走之前还想尝尝味道呢。”

“不过，”老人谨慎地说，“我想味道是不错的，但到底会怎么样，我也不知道。”

“我先去小屋看看。”津川说着走开了。

“他在用野葡萄酿酒呢，”津川边走边道，“那酒颜色很黑，尝起来有些浓厚，但还是挺好喝的，是红胡子让他酿来入药的酒，等酿好了你也尝尝。”

出了药园，津川向北边的病房走去。

或许是为了防风，北边种了一片林子，林子里有高大的栲树、桴栎、椿树、松山，还有幽幽的竹丛。竹丛间有一栋房子，看上去像是新盖的。津川意欲上前拜访，但中途似是改了主意，又回过身离开了。

“刚才那个小杉——在南门遇到的姑娘，”津川边走边说，“她就住在刚才那栋房子里，照看生病的大小姐。”

“那栋房子也是病房吗？”

“大小姐的父母出钱盖的，她可不是一般的病人。”

津川的声音有些干涩。

她的身份是个秘密，但传说是大富豪家的小姐，大约二十二三的年纪，名唤由美，姿色出众。她是十六岁发的病，最开始谁也不知道她得了疯病。有个与她立了婚约的男人，突然毁约娶了别的女人，她因此患了一年的忧郁症。后来，大家都以为她痊愈了，结果她把自家店里的帮工给杀了。那会儿她家店里有十七八个人，她两年杀了三个，其中有一个濒死时得救了，另外两个年纪轻轻就被由美杀死了。

“如果只是杀人倒也罢，她先是用美色勾引男人，等男人上钩了再动手。”津川舔了舔嘴唇，“那个得救的男人，听说一开始是大小姐佯装与他相恋，让他偷偷来自己房间，行了一番情色之事，等男人彻底昏了头，毫无抵抗之力的时候，她就用钗子猛地一扎。”

阿登皱起眉，低声自语道："是因为被男人负了心吧。"

"红胡子可不是这样诊断的，"津川又舔了舔嘴唇，"他说她是天生的色情狂，与其说她发了疯病，倒不如说她本就是疯病体质。"

阿登脑海里浮现出"杀人淫乐"几个字，是在长崎学习时所读的荷兰医书上的病例。书上还说，日本从前也有几个这样的病例，并且有相关记载。

多半是因为父母从中周旋，大小姐未遭判刑。被杀的是店里的用人，偷偷潜入掌柜女儿的房间，意图强奸。事情看上去便是如此，死人也无法开口辩解，于是便这么不了了之了。直到第三个用人捡回一条命，事情才真相大白。新出去定被那家人请了过去。去定提议造个禁闭室，将她监禁起来。如果不这样的话，她肯定还会不断行凶。他认为，色情狂不像其他的疯病患者，她由情色之事发病，其他时候与常人无异，因此除了监禁之外，别无他法。但是，家里亲戚、用人很多，如果在家造禁闭室监禁她，定会受世间非议。因此，她的父母便提议在养生所中建一个禁闭室，也方便治疗。不论女儿是医好疯病回家，还是病死于此，这栋建筑都赠予养生所，而且不论多少入院费他们都愿意出。前年秋天，禁闭室建好了，大小姐带着一个叫小杉的女佣住了进来。

"那栋建筑就是牢房，"津川道，"里面有两个房间，洗衣做饭这些家务都是小杉做。小杉每隔三天回一趟家，取必要的日用品。钥匙在小杉手里，她不让任何人进门，也不让大小姐独自外出，能进去的只有红胡子一人。”

“这病有方法治吗?”

“说不好，”津川摇摇头，“先不说能不能治，这病时不时就会发作。红胡子倒是为她特别调配了药。对了，刚才小杉来讨的就是那服药，红胡子坚决不让其他人来调配，据说十分有疗效呢。”

杀人淫乐，阿登心想。如果这是天生的体质，大小姐所犯罪行也不是她的过错。就像一件做工拙劣的木雕，虽然丑陋，但木材本身是没有任何过错的。

但千草的情况不同。

千草是正常的姑娘。阿登想着，咬紧了嘴唇。

“小杉太可怜了，”津川接着道，“就算她是用人，身不由己，但是整日住在这养生所的监牢里，照顾疯小姐，也不知道什么时候是个头……”

“她也可以辞了用人的差事吧。”

“不，她不会辞的。那姑娘打心里同情她的主人。与其说是同情，倒不如说是怜爱。”津川摇摇头，长叹一口气，“我离开这儿倒是没有半点留恋，但是再也见不到小杉还是挺遗憾的。”

阿登想起方才小杉羞红了的脸。

四

小杉脸颊羞红却不是因为津川。虽然津川话里话外都显得与小杉很亲近，但是小杉对津川却无半点想法。在南门初见时，小杉红着脸含羞点头是因为发现阿登一直看着她——这是阿登与小杉亲近了之后，小杉亲口告诉他的。

阿登与小杉亲近，最终发展成了背地里偷偷幽会的关系。但阿登事后想来，当时也不是因为纯粹的感情。自己当时对她的感情并不纯粹，只是天降厄运令他心有不甘，需要有人来倾听自己的抱怨罢了。再加上他对由美小姐的病症十分感兴趣。这样说或许比较合适，而小杉便成为最合适的对象。阿登向她抱怨进入养生所的不满，也讲了千草的事情。小杉性格温厚随和，使人不由得向她敞开心扉。

“我是不会如他们所愿的，”他对小杉说，“这绝对是设计好的。我要让他们知道我可不好对付，等他们受不了了，自然会求我离开这儿。”“是这样吗？”小杉歪了歪头，一副不能理解的样子，“我不觉得那位小姐的事和你来到这儿有什么关系。”

这是第一次小杉说出自己的看法，阿登惊讶地看着她。

“为什么？”他追问道。

“那位小姐既然做了那样的事，天野大人一定会补偿你的，就算不补偿你，也一定会想办法遵守推荐你成为御用大夫的约定。”

彼时是二月下旬的某个夜晚，阿登与小杉第一次促膝长谈。

距离由美小姐的住处十间①远的竹丛前有处亭子。养生所的长椅大多是为住院患者设置的，一共七处，都放在阳光充足的

① 间：日本过去的长度单位。

地方。而竹丛前的长椅是为由美小姐设置的，因而做成了有屋顶的亭子。到了晚上，这里少有人来往。那晚，阿登与新出去定争吵后，打发园丁吉太郎买了酒来，独自在屋子里喝闷酒。然而阿登喝了酒仍是觉得心头不快，于是便出门到了这处亭子来。他正喝着灌在葫芦里的酒，小杉突然出现了。小杉刚伺候由美小姐喝了粥，忽然直觉阿登在这儿，便出门来看看。“由美小姐半刻前发了病，已经喝过药睡下了。我出门前也上了锁。”小杉说道。阿登把这话理解为“我可以慢慢陪你”，再加上已经有了些许醉意，便把这些事都说与小杉听了。

“那是因为你太善良了才会这么想，”阿登说，“那些人才不会这么讲仁义道德呢。如果放我到外面会引起大麻烦，所以他们才把我关进这里。我可太清楚他们这些算计了。”

“但是，我觉得把你招进来是去定大夫的主意。”

阿登仍在就着葫芦喝酒。

“去定大夫一直都在说，想招个更好的大夫，养生所需要比别的地方更有实力、更认真治病救人的大夫。”

“那就更不应该叫我来了。光有学问是成不了好大夫的，还需要时间和经验，我在这方面还是个雏鸟呢。”

说完，阿登猛地一点头：“嗯，我知道他叫我来的原因，我就是因为这个才和红胡子殿下吵架的。”

“怎么连你都叫起红胡子了？”

“就叫红胡子得了。”阿登不屑道。

那天晚饭后，新出去定叫来阿登，让他上交在长崎游学时的笔记和图录。阿登拒绝了。他学习了荷兰医学中各科的知识，尤其苦心钻研内科，在诊断和治疗上下了很大功夫，这些都是他自己的东西，是他一个人的学习成果。那些笔记和图录关乎他的前程，如果轻易交与他人便会失去其价值。

不是有以眼科治疗闻名并发了财的医生嘛。

他掌握的医术是最新技术，价值连城。这是他用自己的钱和努力换来的。他没有理由也没有义务给别人看。阿登这么说，但是去定并不认可。

“先说好，在这儿少说废话。”去定不容反驳地说，“笔记和图录全都交上来，找你就是为了这事。”

阿登对小杉说，他只能照做了。

“如果真是红胡子把我招来的，那这就是原因之一。”阿登摸着葫芦道，“所以他才一直对我放任自由，就算我不穿那种衣服，成天只玩乐不工作，他也睁一只眼闭一只眼。”

“你喝醉了。”

“我没醉，我还要喝，”阿登又喝了一口，“就因为这儿禁止饮酒我才喝的，这里不让做的事情我偏要做个遍。”

“别再喝了，”小杉试图拿过葫芦，“我最讨厌喝醉了就满口胡话的人了。”

阿登用力抓住小杉伸过来够葫芦的手。她的手微凉且细腻。小杉也不躲，手就这样被阿登握着。那晚星光点点，夜风微暖，瑞香花的香味从药园悠然飘过。

“你讨厌我？”阿登低语道。

小杉的语调毫无波澜："我讨厌喝醉了就说胡话的你。"

阿登沉默了一会儿，放开了小杉的手。

"你回去吧。"

"把酒葫芦给我，"小杉说，"我帮你保管一晚。"

"别管我，"阿登又喝了一口，说道，"你照顾好那个疯小姐就行了，我不用你管。"

小杉从他手上夺走了葫芦。她动作有力且敏捷，阿登没能躲开。小杉站起身，说明天还给他，然后便往回走。阿登只是沉默着，听着小杉穿着草鞋渐渐走远的脚步声。

五

因为那晚的事，阿登与小杉更加亲密了。

他决心不做这里的见习大夫。光看着，他都觉得养生所里的生活肮脏、阴郁又无趣。养生所又称"施药院"，管理者被称作"肝煎"，由小川氏世袭，幕府派遣与力①予以协助。小川氏有自己的宅邸，在外面那栋办公楼里也有办公室，同与力一起负责会计等事务性工作。有五名大夫，办公室在病号楼，通过连廊与办公楼连在一起。

大夫当中，新出去定是主任大夫，其下有吉冈意哲、井田五庵、井田玄丹、桥本玄录，分担内科、外科与妇科之责。两

① 与力：江户幕府的职名，负责江户市内的行政、警察和审判工作。

位井田是父子，是下谷御徒町的町医①。另有三到五名町医受托临时过来问诊。这里只有两个见习大夫和新出大夫是常勤，住院病人几乎都由他们三人负责。对前来求诊的病人，其他医生毫无热情，治疗通常只是形式上的，十分草率。

病号楼有南北两栋，各有三间十帖大小的病房、两间八帖大小的病房、两间六帖大小的重症室。现下住院患者有三十多人，大多是老人和妇女，也有因急症被送来或倒在路边被收容的人。和津川玄三说的一样，病房都铺着薄板，薄板上铺着寝具。薄板五日一换，寝具七日一换，换下来的薄板和寝具晾在向阳通风处。另外，患者不论男女老少，一律穿棉质的白色筒袖，所有筒袖都缝着带子。男人就不用说了，连女性也不允许束腰带，穿鲜艳的衣服。另有女人必须系带、不得穿有色的衣服等规矩。

“就算是施药院，也应该让病人睡在榻榻米上啊。”

患者们都如此埋怨。

“我们也有自己的衣服，至少让女人穿些有颜色的吧，弄得跟囚犯似的。”

这样的抱怨也不绝于耳。

这些抱怨和不满全都冲着新出去定。规矩是新出去定强行定下的，而且看病时他的言行十分粗暴，患者们都很怕他，也有不少人反感他。不仅如此，去定还经常外出。除了不时被大

---

① 町医：民间医生。

名诸侯和富豪等唤去出诊，他自己家里的病人，同样也由他治疗。每到这时，施药院的工作便全部交给两位见习大夫。当值大夫和特约大夫在的时候还好，但到了晚上，其他大夫都回家了，遇上急诊病人，光靠见习大夫根本应付不过来。

津川玄三离开不久，阿登便被森半太夫叫去帮了三次忙，都是住院患者的治疗。阿登每次都跟着森半太夫一起去病房，但去了也只是看着，什么都不做。半太夫也从不开口勉强他动手帮忙。第三次时，半太夫结束治疗走出病房，在走廊里拦下阿登，喘着粗气问他到底什么意思。

“到底什么意思?”半太夫斜睨着阿登，“你打算反抗到什么时候?”

“你在说什么?”

“我在说你无聊的反抗。”半太夫说，“你这种试探似的愚蠢反抗到底要持续到什么时候? 你以为这样，就会有人同情你，新出大夫就会给你道歉吗?”

阿登气得说不出话。

“你好好想想，”半太夫压低了声音，“这样做，吃亏的只有保本先生自己而已。”

阿登真想揍他一顿。

阿登早就发现森半太夫十分崇拜去定。之前听津川说，他是相模有钱农家的次子。怕是在农村人看来，幕府经营的养生所是熠熠生辉的，而养生所的主任大夫新出去定是值得尊敬的吧。真是愚昧，阿登心想。半太夫又说了什么，阿登一个字也没有听进去。他没有料想到会在此时被人讥讽，光是抑制住打人的冲动就已经耗费了阿登全部的精力。

这件事他没有告诉小杉。半太夫有着乡下人一般的循规蹈矩，所里的人和患者们都很喜欢他，小杉也时不时地夸赞他。在被大家叫作“伙房”的厨房里，有个叫小雪的姑娘，先前津川说她是半太夫的恋人，但小杉说那只是小雪单相思，半太夫一直躲着她。

“她怎么就那么痴情呢？”某天夜里，二人坐在那处亭子时，小杉这样说道，“光是看着都觉得可怜。虽然我很欣赏森先生的正直，但是一想到小雪，就觉得他十分可憎。”“别聊半太夫了，”阿登打断她，“说起来，我们聊聊由美小姐吧。你不是一直侍奉她吗？”

小杉的话里透出了几分警惕：“为什么要问这个？”

“因为我是大夫嘛，”阿登答道，“我和森大夫他们不一样，学的是正统的荷兰医术，我可知道连红胡子也不懂的疗法呢。”

“那为什么不应用起来呢？”

“在这个垃圾堆里用吗？”阿登摆摆手，“我不在这施药院做见习大夫，我留在这儿，也不是为了成为这里的正式大夫。”

“你又喝醉了吧。”

“别岔话题，”他说，“我可不想做什么见习大夫。我对谁都能治的病一点兴趣也没有，但如果碰上罕见的病例，作为大夫还是会技痒的，由美小姐就是其中一例。”

“我才不信呢。”

“不信？你不信什么？”

“不相信大家对小姐的态度，”小杉说，“一提起小姐，大家就用下流的眼光看她，津川先生最过分了。除了去定大夫，没一个正经人。”

六

阿登望着黑暗中的小杉。

“我都不知道这事儿，”他说，“津川都做了什么？”

“我可说不出口。”

“听我说，小杉，”阿登认真道，“我是大夫，掌握着最新的医术，只要了解具体症状，或许就能想出与红胡子不同的治疗方法。你说说看，我能帮上忙的。”

小杉也望着阿登：“你也会说这么正经的话啊。”

“你了解我的。”

“你要是没喝醉就更可信了，”小杉道，“好吧，下次我再与你细说。”

“为什么现在不说啊？”

阿登试图去捉小杉的手。小杉躲开他，站起身来，忍不住扑哧一笑：“因为你总是要做这种事。”

“这是两码事嘛。”

阿登霍然站起抱住小杉，小杉没有躲闪。阿登一手环过背，一手搂着肩，紧紧地将她抱在怀里。

“你喜欢我吧。”

“你呢？”小杉反问道。

“喜欢，”阿登说着，用力吻上小杉的双唇，“我喜欢你。”

阿登感到小杉放松了身子，柔软地靠在自己身上。他试图将小杉抱回到椅子上，小杉却一下子挣脱了他的怀抱，偷笑着躲开了。

“我可不喜欢这样的你，”小杉道，“我回去休息啦。”

“随便你。”阿登道。

那之后，阿登五六天都没见到小杉。

彼时已是三月中旬，养生所里的樱花开得繁盛，栽培园里花期早的植株开了花，花期晚的也都发了芽，春风拂过，香气扑鼻，空气也浓郁了起来。午饭过后，阿登在去往药园的路上偶遇了洗衣回来的小杉。他们并排走了一会，阿登才问起她最近晚上怎么不来亭子了。小杉答说前些日子染了风寒，今天感觉好多了，本打算晚上就去。她边说边轻咳，声音也十分沙哑。

“你这不是还咳嗽嘛，”阿登说，“好好休息吧，今晚就别来了。”

小杉微笑着说了句什么。

“没听清，”他凑近了些，“你说什么？”

“今晚我会去的。”小杉答道。

“别逞强，喝药了吗？”

“喝了，去定大夫给我开了药。”

“不要勉强自己了，我给你配些治嗓子的药吧。”

小杉微笑着点点头。

那日阿登在食堂吃过晚饭，突然有人传话说门口有客人来访。

去定外出未归，森半太夫也一脸漠然。这里禁止用餐时起身，阿登便坐着询问是何人。传话人回答说来客是位小姑娘，名叫天野雅央。

天野，雅央。

阿登对这个名字并无印象，但他很快就想到了是谁。千草有个妹妹，年纪尚小，虽然不记得长相，但来客姓天野，而且特意到这里来找自己，那一定是千草的妹妹了。

应该就是那个小姑娘。

但阿登想不出她为何而来。是她自己要来的，还是有人支使她来的？阿登想不通，并且下意识觉得不能轻易见她。

“就说我不在，”阿登同传话人说，“我不见她，她要是有话要说，就帮我带个口信回来。”

吃完饭，传话人回来了，说那姑娘一定要见阿登，方才已经回去了，但还会再来。森半太夫啜着茶，一直在对面有意无意地听着。阿登对此有些恼火，猛地起身离开了食堂。

阿登又打发园丁吉太郎替自己买酒。那个身形瘦高、有气无力、讲话口吃的年轻人其实并不情愿去买酒——他想跟阿登说，这样三番五次地出去买酒，被发现了是要挨骂的。但是他口吃得厉害，总是没法顺畅地表达自己的想法，只要阿登一呵斥，他便只能收声，挠着头离开。

“让妹妹来找我，到底打的什么主意，”阿登自语道，“放马过来吧，这次我可不会被骗了。”

吉太郎买了酒来，阿登没热就喝，喝到烂醉后又拎着剩下的酒出门了。

这是个阴沉闷热的夜晚，夜空上既不见月亮，也不见星星。空气中浮动着泥土和花的芳香，微甜的味道包裹在沉重的湿气中，嗅来越发觉得浓郁。不知是不是天色昏暗和醉酒的缘故，阿登不知不觉走过了亭子。身后的小杉叫住了他。

“你还是来了。”阿登说着转过身。

“小姐睡了，我就出来了。”小杉沙哑的声音终于清亮了些许，“你怎么了？”

“出大事儿啦。”阿登摇摇晃晃，一屁股坐在椅子上，“到这儿来。”

小杉在与他隔了些距离的地方坐下，说了句什么。

“听不见，”他摇摇头，“你声音太哑了，离我近点儿。”

小杉稍微凑近了一些。“这个给你，”阿登从袖兜里掏出一个药袋递给小杉，“煎了喝，煎药的方子写在上面了，喝了喉咙就舒服了。”

小杉道了谢，又问道：“你带了酒来？”

“就一口酒，喝剩下的。”

“我也带来了。”

“什么?”阿登向小杉凑过耳朵。

“你的酒葫芦，”小杉说着把葫芦拿了出来，“一直忘了还给你，刚好小姐有好喝的酒，我分了些带给你。”

“啊，是用野葡萄酿成的酒吧。”

“你知道?”

“这是红胡子让人酿来做药的酒，我之前在五平那儿尝过味道。”他说着接过了葫芦，“但是你居然会带酒给我，真是受宠若惊啊。”

七

阿登就着葫芦喝起了酒。那酒口感醇厚，草药味中带着一丝甘甜。津川还没走的时候，曾带着他到五平那儿尝过味道。那时他只喝了一茶杯，因为味道太过浓厚，喝不下很多。但今天，或许阿登本来就喝醉了，酒精麻木了舌头，使得这酒尝起来比上回好喝了不少。阿登听着小杉的话，不知不觉喝下了许多。

小杉在讲由美小姐的事。

“说实话，我觉得去定大夫诊断得不对。小姐不是疯病，这个我最清楚不过了。”小杉说，“你会认真听我讲吗?”

“如果你老实、详细地告诉我的话，”阿登道，“但不一定要今晚就说。”

“因为你喝醉了吧。”

“是因为你的喉咙太难受了。”

“我没事，现在的声音听起来像是别人的，反而更好讲出来。”小杉又叮嘱了一遍，“你可要认真听我讲。”

阿登伸出一只手握住了小杉的手。小杉就让他握着，而后讲起了小姐的故事。

小杉去主人家做用人的时候，由美十五岁，比她大两岁。小姐是长女，有两个妹妹。次女十二岁，小女七岁。由美与她们同父异母。由美的母亲没有去世，不知是因为什么被赶走了，还是自己离家出走，事情的原委无人知晓。由美从小就知道自己与她们同父异母，但她从未把这事放在心上。

由美比妹妹们貌美许多，虽然生性好胜且有轻佻之处，但是事事为他人考虑，大家都很宠爱她。她的继母、两个妹妹、其他亲人、邻里还有用人们都喜欢她，愿意亲近她。他们亲近她，或许也是因为她将来会继承家产。由美十四岁那年，也就是小杉来帮佣的前一年，就已经谈妥了婚事。

表面看来，由美平安幸福地长大了，但事实上，她从很久以前起就经历着难以启齿的伤痛。这些伤痛都与情事有关。第一次是在由美九岁的时候。

“因为你是大夫，所以我才能说出口。”小杉哑着嗓子低声道，“如果不是的话，我真的说不出口。你懂吗？”

“我明白，”阿登感到脑袋晕乎乎的，“有小孩子那样的胡闹也并不稀奇。”

“小姐经历的事可不是小孩子胡闹。”小杉说。

由美九岁时遭到三十多岁的伙计猥亵，那伙计威胁说：“如果说出去就杀了你。”身体的异样令年幼的她感到罪恶，“说出去就杀了你”这样的字眼紧紧束缚着她。那伙计半年后被赶了出去，但是在他离开前多次对由美施暴，每次都会在由美耳边重复同样的威胁。这话在由美的脑海里刻下了深深的伤痕。伙计被赶走约两年后，由美又被邻家二十四五岁的青年以不同方式猥亵。邻家也是做大生意的（小杉并未说明是什么生意），有三栋仓库。青年是那家妻女的小叔子，出于某些原因成了家里的累赘。他家有一个与由美年纪相同的女儿，两个孩子常常往来玩耍。一次，她们在邻家玩捉迷藏，由美躲进了仓库里。那间仓库放着平时不用的东西，破旧的衣橱、箱子、框子什么的都横七竖八地堆在那里，仓库中央铺着一张四帖大小的榻榻米。由美就躲藏在框子和箱子的夹缝里，过了一会，一个手提铁纱灯笼的青年进来了。由美本以为是“鬼”来了，看到不是便松了一口气，轻声向来人搭话。青年吓了一跳。

“是我呀。我在玩捉迷藏呢。要是‘鬼’来了，不要告诉她我在这儿。”

青年答应了。他从老旧的衣橱里拿出了一样东西，躺在榻榻米上，伸手拖过灯笼，读起了不知什么书。“鬼”来过一次，但很快就走了，终于，青年向由美搭话了。

“‘鬼’不会再来了。我给你看个好玩的，你来。”

由美过去了。青年让由美坐在身边，将摊开的书递给由美看。那是一页图画，但是由美却看不懂究竟画了什么。“你看不懂这个吗?”青年说，“仔细看，再靠近些。”青年若无其事地拉过由美。由美的注意力全在画上，没有发现青年的意图。终于，青年对由美做了与那伙计一样的事。由美反应过来时，感受到的不是惊吓，而是由恐惧引发的窒息。

说出去就杀了你。

她清晰地听到了这句话。那声音似是伙计的，也似是青年的。仓库的推拉门紧闭着，由美望着门上缠着的铁丝网。那铁丝网将由美圈禁在此处，使她无处可逃。直到铁丝网开始模糊不清，手脚也已经开始瑟缩，由美像梦呓似的问道：“你会杀了我吗?”

青年笑了。由美永远无法忘记那残忍的笑容，甚至比从他嘴里说出要杀了自己更加恐怖。明天也来这吧，青年说。由美照做了。她想，不照做的话就会被杀。

从青年消失后，直到谈婚论嫁时，又有三个男人对由美进行了猥亵。每次经历那事时，由美都会看到一张模糊不清的铁丝网，听到有人在耳边说“杀了你”。美貌活泼、凡事替人着想、集万千宠爱于一身的由美，私下里却经历着这样恐怖的事。

“接着，又发生了婚约者的事。”小杉继续道。

“他们在家族内部举行了秘密婚礼，就等第二年丈夫入赘了。但是那男人却违背了婚约，娶了别家的女儿。最开始大家都莫名其妙，但不久就有流言传开了。”

违约的原因与由美的生母有关。

由美的生母同样才貌双全，但在生下由美一年后，在外与人有染，私奔出走后在箱根被那男人杀死了。也有人说两人本要殉情，但男人没有死成；还有人说她本该和那男人结婚，但后来嫁给了由美的父亲，男人心怀怨恨，于是杀了她。——事实如何暂且不提，这事让由美认为男女之事即为罪恶，且必然与死亡相伴。

“杀了你，杀了你，”小杉道，“这句话一直在她的脑海里挥散不去。女人总要与男人行房事，但自己那样做的时候就会被杀掉，像母亲那样被杀掉。她一直被这样的心思所纠缠。”

阿登觉得毛骨悚然。因为小杉说话的声音变了，他刚才就注意到了，这声音并不沙哑，语气也不像平日的小杉。

“这样你便明白了吧，”那个不属于小杉的声音道，“每次被男人亵渎的时候，我都觉得自己会被杀死。明明我没有错，我也不想这样，但还是被迫行苟且之事，然后，我就会被杀掉。”

阿登觉得脑袋发昏。

是由美。他想。

他试图放开握紧小杉的手，但是动不了。她贴过身子，一手搂住阿登的脖颈。阿登想要大叫，喉咙却发不出声，舌头也僵直着。

她不是小杉，是由美。

阿登感受到汗毛直立般的恐惧。女人压住了他。她一手搂着阿登的脖颈，顺势贴上他的胸口，嘴巴里不断地说着话，一边将他放倒在椅子上，然后将自己柔软的肉体压了上来。

“店里的帮工悄悄来我房间的时候，”她继续道，“我想着同样的事情，我终于要被杀死了吧，这次我总该被杀掉了吧。然后，我拿下了钗子。你看，就是这只。”

她抬起另一只手。阿登看到她手里倒握着泛着光的扁钗。那钗子似是银制，两处锐利的尖端在黑暗中泛着微光。

“我就默默等着。”她轻声道。灼热的呼吸和压低的耳语近在咫尺，像是正沉醉于某种隐秘的欢愉似的。“那人进了我的房间，躺在我身边，伸出胳膊，像这样抱着我。”她一边做，一边继续道，“就像这样——你以为我拿钗子做什么？与其自己被杀掉，倒不如我先杀了对方。我没有错，我也不想这样，如果情事即是罪恶，那么男人也必须得死。我那时是这么想的。”

阿登看到女人面部开始痉挛，表情扭曲，龇出獠牙。他试图推开她，但却使不上力，浑身发麻，就连手指都动弹不得。

是梦，这一定是梦。

一定是被噩梦魇住了，阿登心想。女人将倒握的钗子轻轻贴在他的左耳后侧。

“然后我便这样，”她说，“那帮工毫无察觉，将我抱得更紧了。我觉得自己要自由了，还说起了胡话，然后，我开始用力，就像这样。”

她把杀死帮工的情形，原原本本地重复出来给他看。阿登眼前发昏。女人的声音充斥着他的耳朵。她像取得胜利了似的大叫道：“当时，我用钗子猛地刺了进去，就是这里，我狠狠地用力，狠狠地……”

阿登感到身体某处遭受到强烈的冲击，还听到了女人的悲鸣，然后便失去了知觉。

八

阿登睁开眼，看到面前坐着红胡子，一旁是森半太夫。红胡子正和半太夫说着什么。

我还在梦中吧，他想。这两人就坐在自己面前，但觉得画面十分遥远。他们讲话的声音也像隔着一堵墙似的，可以听见却没有回声，有种不真实的虚幻感。的确是在梦中。这样想着，阿登闭上眼，又重新认真睁开眼，这次森半太夫的身影不见了，只有新出去定一个人坐在那里。

“睡吧睡吧，”新出去定说，“再睡上一天就好了，什么都别想，睡吧。”

阿登正想开口说话。

“别问了，”去定摇摇头，“你被灌了药酒，那酒里加了我特意调配的药，专门用来压制那姑娘的疯病。那姑娘听小杉说起你的事情后，便想着找机会对你下手。你那会儿喝醉了。真是傻啊，要是没喝醉，也不至于认错人。”

阿登摇头。他的确喝醉了，但不全是因为这个。天也黑，再加上那沙哑的声音，他才受骗的。他想说出来，但光是摇头就已经费了好大力气，他发不出声音，舌头也动不了。

“我要是再晚回来一会儿，你可就没命了。”红胡子说道，“小杉那时在家昏睡着，她也被灌了药酒，我看见她就立刻赶到亭子去。我用绷带包住了那姑娘的头，没别的法子，她疯得像头怪物。你看我的胳膊。”

红胡子卷起左边的衣袖，从手腕直到小臂都包着绷带。

“那姑娘在我胳膊上咬了五口。”去定说着放下了袖子。

“这事没人知道，就连半太夫也不知情，所以不用觉得丢脸。即便如此，你应该吸取教训，下次小心。知道了吗?”

阿登感到眼泪从眼眶中流了出来。

去定从怀里掏出纸巾。阿登以为他要帮自己擦眼泪，但他擦的却是嘴角。他想可能是有口水流出来了，觉得很丢脸，于是紧紧闭上了眼睛。

“真是个傻孩子，”去定说，“你睡吧，等你休息好了，我有话跟你说。”

去定起身离开了。阿登听着他离开的脚步声，心想：

红胡子，并不坏啊。

越级起诉

一

这日十分繁忙。上午十点左右，北病号楼有位老人去世，紧接着又有位重伤的女劳工被抬了进来。保本登先是帮衬了老人的后事，又去帮新出去定缝合妇人的伤口——这是他作为见习大夫的第一项任务。

即使发生了疯女的事情，阿登也没有改变态度，他仍然不想在这里做见习大夫。为了离开这里，他还给父亲寄了封信。但他内心深处的确发生了变化，他已经屈服于红胡子了。红胡子把他从疯女由美手中救下来——那真是命悬一线之际。而且，若是这羞耻之事传出去，他也无从辩解，红胡子却悄无声息地瞒了下来。在这点上，他觉得自己欠了红胡子莫大的人情。说来也怪，这事竟让阿登如释重负。因为欠了红胡子人情，他与红胡子的隔阂消失了，两人之间似是形成了某种默契。

阿登悟出这些还是后话，彼时他并未有所察觉。他一心把疯女事件归咎于逼他进诊疗所的人，并觉得自己毫无过错。但无论如何，只要能从这里出去就行。新出去定对阿登也一如从前。也许，他已经看透了阿登的心思，正耐心等待阿登转变态度。去定虽然心里可能正打着这个主意，但不显山露水，也不主动找阿登搭话。

四月初的一个清晨，去定叫阿登来北病号楼一趟。来叫人的是森半太夫，阿登并未即刻起身。

“我再重复一遍，北病号楼一号房，现在就去。”

“这是命令我？”

“新出大夫叫你过去，”半太夫语气冰冷，“你不愿意去？”

阿登不情不愿地站起身。

“只穿个外衣就行了，”半太夫耐着性子道，“和服会弄脏的。”

阿登还是穿着和服出门了。

北病号楼一号房是重症室。去定坐在病人枕边，阿登一来，他头也不抬地招招手，让阿登来做检查。房间里弥漫着令人不悦的臭味，闻起来像是捣碎的艾蒿，苦中带涩。不用说，这味道肯定是从病人身上散发出来的。阿登皱起眉，在病床边坐下。这病人一看便是濒死之状，但阿登还是按照流程号脉、听呼吸、撑开眼睑观察瞳孔。

“还能活半刻，”阿登道，“他已经失去意识了，也感觉不到痛苦，可能连半刻都撑不住。”

他指了指病人鼻翼上凸显的紫色斑点。

“这是病历。”去定说着递给他一张纸，“看看这个，然后再做诊断。”

阿登接过病历读了起来。

病人名叫六助，五十二岁，已住院五十二日。最初浑身无力，伴有轻微腹痛。二十日后疼痛加剧，并开始呕吐，食欲不振。呕吐物为液体，呈淡褐色，散发特殊臭味。腹部中央，即胃下部，肿胀。五十日后，疼痛扩散至整个腹部，呕吐频次增加，全身无力感加重。阿登看过这些症状，将病人的衣服敞开进行检查。灰黑干瘪的皮肤下是嶙峋的骨架，唯有腹部怪异地胀起。阿登用手触摸肿胀处，如石头般坚硬，且无法活动，似是与骨骼粘连在一起。阿登想起病名后，回答了去定。

“不对，不是这病，”去定摇摇头，“这是一例写在你笔记里的罕见病症，的确是恶性肿瘤的一种，但是还有区别于其他肿瘤的标志性症状。再仔细读一遍病历。”

阿登又读了一遍，说出了另一个病名。

“这是大机里尔①，始发于胰脏的癌症。”去定道，“胰脏位于胃下方，脾脏和十二指肠之间。因为胰脏是位置固定的脏器，即便发生癌症，也不会感到疼痛。如果由于疼痛而发现病情，说明癌已扩散至多处脏器，因此会迅速消耗体能，患者很快进入濒死状态。这种病例十分罕见，最好把它记住。”

“这样的话，就没有治疗的方法了？”

“是，”去定嘲讽似的摇摇头，“并不局限于这个病，对任何病也都没有治疗的方法。”

---

① 大机里尔：alvleesklier，荷兰语医学名词音译。

阿登默默看着去定。

“如果医术再进步一些，情况或许有所改变吧。虽然如此，也超越不了个体自身所拥有的生命力。”去定道，“医术真是毫无人情味儿，干这行越久，就越觉得医术无情。同样是生病，有些人能够克服，有些人就会病倒。大夫能确定病症和病理，为生命力强的病人提供些帮助，但是，不过如此。医术的作用也仅限于此。”

去定耸起一边结实的肩膀，像是在表达自嘲和悲伤。“以我们现在的能力，首先要对抗的是贫困和无知。我们只能靠消除贫困和无知来弥补医术上的不足，你懂吗？”

这不是政治上的问题嘛，阿登心想。

去定好像听到了阿登的心声似的，带着怒气道：“你想说这是政治上的问题吧？大家都会这么推脱。但到现在，政治为消除贫困、无知做了什么呢？单说贫困，江户开府以来制定了千百条法令，有哪条是为了改变这种状况的呢？”

去定忽然紧紧抿起嘴，他大概是察觉到自己激昂的语调十分孩子气，但阿登却像是被这语调感染了，他睁大眼看着去定。

“但是，老师，”他反问道，“施药院……养生所这样的机构，不就是幕府出资建设的吗？”

二

去定耸起一边肩膀。

“养生所啊，”去定道，他又露出了嘲讽与悲伤的表情，“你待在这儿，应该会有所察觉。这儿的诊疗和施药聊胜于无，但是问题在这之前就存在了。如果能减少贫困与无知，很多病也不会有了。”

这时，森半太夫来了。他汇报说有伤者被抬了进来。

“是年轻的女劳工，在工地上不小心重伤了腰腹，”半太夫道，“牧野大夫给她做了检查，但是他说自己一个人忙不过来，想请您去帮忙。”

去定满脸疲惫。牧野昌朔是专门负责外科的大夫。阿登看着去定。

“好，”去定说，“我这就过去，让他先尽量处理。”

半太夫立马就离开了。去定盯着病人的脸，然后闭上眼睛，静静地垂下脑袋，好像低下头，也好像是稍微俯向前方。

“这位六助先生是描金画师，”去定低声道，“听说在内行里名气很大，纪伊、尾张等大户人家都向他买过小桌子、小箱子之类的物件。他没有妻儿，也没有亲近的朋友。在柴钱旅馆①病倒了，被送过来后也没人来探病。他沉默寡言，问话也不回答，我到现在都没听他说过一句话。”

去定叹了口气，继续道：“这病异常痛苦，但他却从未呻吟过一次，他怕是会强忍到生命最后一刻吧——这汉子就是想这样死去啊。”

去定起身，说过会儿让森大夫过来，叮嘱阿登在这里守着。

---

① 柴钱旅馆：只需付给做饭的柴钱即可住宿的简易旅店。

“人的一生中，没有哪一刻比临终更加庄严，在这里好好见证吧。”

阿登沉默着换了坐的位置。

他第一次仔细观察病人的脸。这是一张异常丑陋的脸，已经呈现出了死相，肉体被消耗殆尽，早已看不出他本来的样子了。眼窝、脸颊、下巴都深陷进去，不见一丝肉。干皱的土灰色皮肤上生着紫斑，紧紧附在嶙峋的骨骼上。这不是人类的面孔，它已然成了一副骷髅。

“红胡子原来这么多话。”阿登低声道。他没有意识到这是他的自言自语，还以为有别人在说话。他抬头环顾四周，病房里并无他人。阿登的目光回到病人身上，又自语道：“在这儿少说废话——这可是红胡子自己说的，他本人倒是废话连篇。”

病人的呼吸急促了起来，不时伴有微弱的呻吟和痛苦的喘息。他已经失去了意识，残存的生命正在从他的躯壳中抽离。不过如此。

“只有丑陋啊，”他低声道，“说什么庄严，死不过是丑陋罢了。”

森半太夫来了。他带来了一只茶碗和一双尖端用棉布裹起的筷子，看样子是这老人用过的东西。他坐在病人枕边，头也不抬道：“我来守着这里，请你去找新出大夫。”

阿登看着半太夫。

“外边三号房，”半太夫看着别处说，“好像要缝合伤口，请赶快去。”

阿登想起了津川玄三说的话——在这儿得不分昼夜地被红胡子使唤。他甚至觉得这会儿津川正在某个地方嘲笑他。

“外边”是指为门诊病人看病的地方，三号房是外科专用诊室。阿登一进门便看到了一具雪白的肉体。诊室约八帖大小，擦得锃亮的地上铺着薄席子，女人仰躺在上面，全裸的躯体半掩在白色的纱布下。阿登刚一进来，牧野昌朔就拉起了屏风，那画面他只看到了一瞬。但去定又叫他进来，来到屏风后边，阿登不得不面对近在咫尺的女性裸体了。

那是一副二十五六岁的女性躯体，丰满匀称，除了经年日晒而黝黑结实的手脚外，身体的其他部位的皮肤都细白如雪。丰腴挺胀的乳房上缀着发黑的乳头，纱布包裹下的腹部微微隆起，不难看出女人正处于初孕期。阿登飞快地别开视线。虽然他在长崎游学时，没少为女患者看病，但从未见过如此坦荡、年轻且充满力量的裸体。

“按着腿，”去定道，“虽然上了药，但她可能会乱撞乱动，小心别被踢飞了。”

阿登这才注意到，女人两条胳膊左右张开，手腕被绳子绑在柱子上。阿登按照去定的吩咐，抻开女人的双腿，跪坐在中间，两手按住她的膝盖。他涨红了脸，眼睛不知该往何处看。这个姿势十分引人遐想，阿登觉得自己含羞的样子有些可笑。

“别看其他地方，”去定道，“好好看着缝合的手法。”

说着，去定掀开了半裹在女人腹部的纱布。他右手拿着针，针尖微微钩起，针眼处穿了两条丝线。纱布揭开后，女人的伤口便暴露在外了。那道伤口从左侧腹直到脐下，约五寸长，创面呈不规则的扭曲状。伤口看起来已经消过毒了。因为皮下脂肪很厚，伤口由上至下呈爆裂状。去定取下纱布时伤口有少量出血。女人的腹部开始痉挛，她发出痛苦的呻吟。肠子从伤口流了出来，粗大的青灰色的大肠像活物一样蠕动着滑了出来，在伤口外盘成蛇状。阿登忽然觉得眼前一片模糊，脑袋轻飘飘的。他昏了过去。失去意识前，阿登想，我可能要被踢飞了。

三

阿登只昏迷了一瞬，有人拍打他的脸，他便立刻醒了过来。阿登觉得自己昏迷了很久，但醒来时仍身处门诊三号房，被牧野昌朔抱在怀里。拍醒他的应该是牧野，去定坐在对面，一脸严肃地让他先回房间。阿登没有去看那女人，起身离开了。看了怕是又要昏过去。他甚至没有勇气继续待在病房里。

阿登回到自己的房间随便躺下了。他一想到刚才的场景就恶心，所以让自己尽量思考别的事情。疯女事件后又发生了今天的事，无法挽回的屈辱感折磨着他，就要将他击垮了。

“真是丢人，”阿登躺在床上，用手遮住脸，“亏我还是长崎游学回来的。”

他还曾对服侍疯女的小杉大言不惭地吹嘘，说他学了先进的荷兰医学，掌握着去定都不知道的疗法。想起这些，阿登又是一阵哆嗦，晃着脑袋唉声叹气。

阿登中午没有吃饭。

森半太夫来了一次，邀他一起吃午饭，阿登没起身，拒绝了。他仍是胸口发闷，根本没有食欲。

“还是吃点儿吧，”半太夫劝道，“新出大夫叫你下午陪他出外诊呢。”

“外诊?”

“就是外出问诊，”半太夫道，“忙完回来恐怕就是深夜了。”

阿登默不作声。

“那位叫六助的老人去世了。”半太夫说完便关上拉门离开了。

红胡子出外诊分为两种情况。一种是被邀请去看病，多半是诸侯、富豪的患者家庭。另一种是去穷人家看病。坊间称为施药院的“小石川养生所”就是为了免费给贫困的病人医病而设立的，不仅仅是门诊，根据病情或一些特殊情况也提供住院治疗。然而，也有人不愿来这种地方看病，就算周围的人或是房东极力推荐仍不想来的人不在少数。不管人家是否愿意，红胡子自愿上门检查治疗。不过，对方很少对此表示感谢，对他也没有什么好感，阿登常常听说这样的事。

“陪着他去做惹人讨厌的免费治疗吗?”阿登有气无力地嘟囔道，“但是我出了这些洋相，让我去上门问诊，我也没法拒绝。当然了，在红胡子面前，就算拒绝也没用。”

午饭时间过了半刻，半太夫又来传话。阿登起身陪去定出门了。

阿登仍旧没穿统一的衣服，去定见了，表情有些不悦，但也没说什么。一起外出问诊的不只阿登，还有一个背着药箱的小伙计。他小腿上缠着布带，脚上穿着草鞋，上身穿的半缠①是和医生们一样的鼠灰色，衣领上用白字大大地写着“小石川养生所”。小伙子名叫竹造，二十八岁。因为口吃得厉害，也被人叫作“吃竹”。他已经为去定背了五年药箱了。竹造身形瘦小，黝黑的小脸上总是带着笑意，人家一同他搭话，他便出于礼貌着急回答，眼里满是焦急。当然，焦急也是没用的。哪怕对方只说一句“今天天气不错”，他都要绷紧所有神经、用尽全部力气克制自己的口吃。对他而言，想礼貌地回答，给人家留下好印象根本是不可能的事。

从养生所出来，走了四半刻②，经过传通院后面时，有人从身后叫住了他们。跑过来的是个约五十岁的男人，他气喘吁吁地向去定行了礼，说这会正要去养生所。

“如果是找六助的话，他已经死了。”去定道。

男人“啊”了一声，听不出语气。

“二刻前断的气，遗骸已经处理了，你找到他的亲人了吗?”

“啊，这个，是这么回事儿，”男人张口结舌，“情况很复杂。我找到了他的女儿，但是她家孩子病了，我就带了她租屋

---

① 半缠：类似羽织的短和服上衣，无胸带，不翻领。

② 江户时代的说法，大约三十分钟。

的房主藤助来，但是孩子的母亲被抓了……”

“不明白你在说些什么，到底怎么回事?”

“就是……”男人小心翼翼地说，“实在不好意思，能劳烦您来小店一趟吗?”

“我现在得去中富坂，那里有个重病患者。”去定说着看向阿登，“保本，你跟柏屋老板过去，看看怎么回事，我过半刻就来。”

阿登看了看竹造。“吃竹”一面朝上翻眼珠，一面晃了晃脑袋，像是表示爱莫能助。去定带着他离开了。

柏屋老板名叫金兵卫，是传通院后街上柴钱旅馆的老板。描金画师六助在他那儿住了多年，病重后被送到了养生所。二十多年前——正是六助作为描金画师名声大噪的时候，他突然来到柏屋投宿，有时住个两三天，有时住上半个月或者四十天。金兵卫开始不知道他是谁，只猜是个赌徒。他穿戴整洁，性格沉稳，留宿时沉默寡言，大多数时候小口抿着酒，默不作声地听着其他客人闲聊。某天起他突然就不来了，过了两年，他又每隔一个月来住上一阵。直到六七年前，柏屋的人才知道他就是描金画师六助。那时候他已经没什么名气，也不工作了，只有心血来潮时才做些修理。他脾气变得古怪，住进来就一直闷在房间里，也不去听人闲聊了。

“他一句话都不说，”金兵卫对阿登道，“在这儿住了二十多年，我连他有没有妻儿都不知道，送他到您那边时也联系不上他的亲人，可是让我伤透了脑筋。”

柏屋里有四个孩子等着他们。

四

四个孩子是六助女儿家的。长女十一岁，发了高烧，正躺着休息；长男八岁，名叫助三；次女六岁，名叫小丰；老幺三岁，名叫又次。孩子们穿着破衣烂衫，身子干瘦，面色枯槁，除了幺子又次，大家都病恹恹的。小丰抱着又次，助三像是保护他们似的紧贴在弟妹身前，用充满不安和敌意的小眼睛打量着周围。房间朝北，约四帖半，据说六助一直住在这里。隔扇和拉窗贴贴补补，破旧不堪。隔扇裂了一道大口子，被透过来的风吹得哗哗响。墙壁剥落，显得斑斑驳驳，榻榻米也磨损了，露出了里面的稻草芯。就算是柴钱旅店，也不该如此破旧。或许是因为地处传通院后边，住客稀少，整个旅店充满着破败萧条之感。

阿登一面为小孩子看病，一面听着金兵卫的话。孩子像是染了风寒，除了发热咳嗽外并无其他症状。但是，她身子太虚，缺乏营养——她的弟弟妹妹也一样，这样下去极有可能发展为肺痨。阿登叮嘱金兵卫给孩子冷敷，注意房间保暖防风，给孩子更换汗湿的衣服等。

“都说屋漏偏逢连夜雨，”金兵卫叹了口气，“这都多少年了，生意一日不如一日，犬子出去给人打零工，妻女也得干活补贴家用。日子都已经这么难熬了，偏偏又摊上这档子事儿。周围也不是没有生意兴隆、财源不断的，为什么偏是我们这穷苦人家惨遭厄运啊。对了，您刚才说什么？”

“再说说六助吧。”阿登道。

金兵卫于是又说回六助的事。

这事十分复杂。他一直以为六助没有妻儿，也没个依靠。一日清早，一位老人带着四个孩子上门来，说是六助的孙子孙女。金兵卫开始不信，但还是听完了老人的话。京桥小田原町有处租屋，叫作五郎兵卫店，老人是那家租屋的管事。他仔细地说明了自己的身份：庚子年生，今年刚好六十二，名叫松藏，妻子三年前去世了。

老人说，也许正是因为事事仔细的性格吧，他注意到自己负责管理的那座院子里，有个名叫富三郎的男人，已经带着一家人住了五年三个月零五十天了。

富三郎是做家具的师傅，妻子名叫小国，他们有三个孩子。搬来时，小丰还没有断奶。富三郎虽然是手艺人，但是生性懒惰，整日游手好闲。一家人生活异常窘迫，欠了邻里很多债。小国性子温暾得让人着急。她从不抱怨一句，整日在家做零活，尽心照顾孩子。虽然小国绝对不会做反抗丈夫的事情，但富三郎却时常拿她出气，喝醉了就对她拳脚相加。渐渐地，富三郎对小国也不只是施暴撒气那么简单了。富三郎酒醉后经常连声大吼“给我滚去你爹那儿”，从这话里似乎能猜出些隐情。

“你爹富得流油，他不就你一个孩子吗？”

“你爹就是个六亲不认的畜生，女儿和外孙都吃不饱饭，他却独自享乐，简直不是人。”

小国通常一声不吭。她打不还手骂不还口，甚至连哭声都没有，就这么一直忍到丈夫撒完气。小国的爹究竟是何人，这家究竟发生了何事，租屋的其他住客不知道，管事的松藏也不知道。松藏曾问过小国父亲的事。那是前年十月九日，小国吞吞吐吐，语焉不详。

“我父亲还健在，只是因为一些原因断绝了亲缘，我不可能回去找他。”

小国只回答了这一句。

富三郎结交了些损友，品行愈发恶劣，整日不工作，三天两头不着家。前段时间又次出生，家里的日子越来越贫苦。七天前的晚上十点，小国来到了管事家。松藏那时已经休息，但小国坚持有话同他说，松藏便让小国进屋了。

“前段时间贴的告示，说的是真的吗？”小国问道。

她说的是那张写着“举报盗贼者赏银二十五枚”的告示。有三个盗贼潜入了位于芝爱宕下名叫南宗院的寺庙，偷走了几样寺里的宝贝。其中有一尊镀金的释迦铜像，据说是千年前一位有名的法师造的，全日本只有几尊，非常珍贵。若是盗贼不识货，将它熔了，这损失就无法挽回了。因此，凡是提供佛像线索或是举报盗贼的人都会给予奖赏。

“你有什么线索吗？”松藏回问她。

小国点点头。半个月前，她见到富三郎从外边回来后，往天花板上藏了什么东西。富三郎在外结交了一些恶人，而且最近形迹可疑，小国便起了疑心。她当时装作什么都没看见，趁丈夫不在家时，悄悄把那东西取了出来。那是一尊用包袱皮和柿漆纸包着的佛像，高约一尺二寸，金属制，怎么看都是南宗院失窃的那尊。于是小国便来找松藏商量。

若是拿到二十五枚赏银，日子能好过些。这也是为了富三郎好，他这样下去只会不断作恶，最终落得流放孤岛或斩首示众的下场。若是将他关进牢狱尝尝苦头，他定会洗心革面的。

因此小国想狠下心，举报富三郎。

松藏当然表示赞成。他随小国去看了那佛像，果然像是失窃的那尊，于是松藏便将佛像取走，代为保管。与町中的官差商议过后，松藏让小国拿着佛像去报官。报官时无须官差或丈夫同行，就说是她自己要来举报的。松藏已和官差商量好了，让小国在町奉行①面前说些对自己有利的话。

小国很快就被传唤了。松藏与官差一同出面作证，说他们对佛像一事毫不知情，小国勤俭持家，尽心养育四个孩子，丈夫富三郎不务正业，一家的生计全靠小国一人维持云云。

“但是在奉行所，”金兵卫继续道，“这个月是北边岛田越后太守当值，他说小国不守妇道。”

阿登难以置信地看着金兵卫。

“你没听错，”金兵卫向阿登点点头，“不守妇道。”他又强调了一遍：“他说，就算是丈夫行窃，妻子也不该为了赏金举报

① 町奉行：日本江户幕府的官职名称。负责行政、警察、司法等。

丈夫，这是违背伦理、不守妇道，要将小国判入监牢。”

没人料想到会是这个结果，松藏和官差惊得说不出话。退庭时，一位与力来转达了小国的口信。

小石川的传通院后有个那歧町，那里有处叫柏屋金兵卫的小旅馆，旅馆里住着一个叫六助的老人。拜托您带着我的孩子们去找他说明原委。这些孩子是他的亲外孙，他肯定会收留他们的。

传话的内容如此。

五

“于是，那个叫松藏的管事便回去了，”金兵卫说，“我同他讲了六助的情况，告诉他六助现在在养生所。但是他却说他已经把话带到了，这是小国的意愿，让我把孩子们交给六助。这可如何是好啊，这女孩还发了高烧，我能有什么办法呢？我只能叫老婆子少抱怨几句，让孩子躺下休息，姑且先请新出大夫来给孩子看病，顺便求他帮我想想办法。”

这时金兵卫的孩子来了，问他晚饭怎么办，说是母亲打发他来问的。金兵卫叹了口气，满身疲惫地站了起来。

“我家到底为什么这么倒霉啊！”金兵卫泄气道，“之前有位算命先生在这儿住了十来天，他说我家的钉子都是反着钉的，叫作‘逆钉’，会招来厄运。‘逆钉’可不是钉子钉反了那么简单的事儿，那是只有算命先生的慧眼才能看出来的东西。也许是那样，但是也不可能把这栋老房子的钉子全部拔出，再正确地打进去啊。”

金兵卫说：“那位算命先生欠了我十多天的房钱，就跑掉了，他这是想把‘逆钉’这事儿亲自证明给我看啊！太过分了。”

过了半刻，去定来了。

去定为孩子看病的时候，阿登把从金兵卫那里听来的事都讲与他听了。去定沉默着做完检查。金兵卫端来了茶，去定一面小口啜着，一面拿过药匣，取出了两种（已经配好的）药，共十服，然后告诉金兵卫用法与用量。

“那个……所以……怎么说呢，”金兵卫有些不知所措，“要由我们来照顾这些孩子吗？”

“这我也说不准，”去定道，“我去同町奉行说说，最好是由小田原町的租屋家来抚养，如果不行的话，找到住处之前也有可能先寄养在你这儿。你不愿意？”

“那个，”金兵卫重重咽了口水，“刚才我也跟那位先生说过了，我们家生意不景气，连自己的日常生活都困难，还接连遭遇这种麻烦事……”

“六助死的时候留了钱，”去定打断他，“说如果他死了，就用这笔钱帮他料理后事，一共给了五两二分钱。而且，他不是已经付了这里的房钱吗？”

“这……那个，”金兵卫急忙抬起头道，“那个，六助先生真的留了钱吗？”

“就算没留也不会亏着你的，”去定道，“但你要是不情愿的话，就把孩子托付给别人家吧。”

金兵卫忙说他愿意收留孩子。

“她丈夫呢？”去定问道，“那个叫富三郎的，还没抓到吗？”

“这就不知道了，我听说已经被抓了，但也可能记错了，我这儿一直也顾不上打听他的消息……”

去定来到那几个孩子身边，一一询问他们的名字与年龄。孩子们可怜又胆怯，去定心生怜悯，好像不能正视他们。他们很害怕面相严肃还生着一脸大胡子的去定，三个人紧挨成一团，对于问话也不怎么答得上来。

“没事，别害怕，”去定用像是在生气的声音道，“你们的娘很快就回来了，姐姐的病也很快就好了。你们啊，长大后都想做什么？”

去定似乎是为了缓和气氛才这么问，但问得既唐突又有点愚蠢。孩子们默不作声地盯着红胡子看。去定或许意识到了自己问得愚蠢，有些羞恼地说：“都别怕，你们的娘很快就回来。”然后涨红着脸站起身。

去定让竹造先行回了养生所，阿登陪着他走到传通院，他在传通院前招呼了一顶轿子，说是要去小传马町。“快着点儿！”去定怒道。阿登看见轿夫吓得差点跳起来。

“这是要做什么，”阿登在轿子里小声嘟囔，“到底要去干吗啊？”

轿子抬到了小传马町的牢房，去定前去求见奉行。去定在这里似乎十分受尊敬，不仅传话的人毕恭毕敬，代替上京的岛田奉行出面迎接的同心①冈野也十分谦恭。去定见了他便开门见山地问这里是否关押了一名来自小田原町五郎兵卫店的女人，名叫小国。冈野点点头，说就关在这牢里。

“我要去为她看病。”去定道，“我已经同岛田越后大人说过了，这女人得了罕见的病，之前是我治疗的，我想去看看药效如何。”

冈野看着去定问道：“需要很长时间吗?”

“大约需要半刻。”

“这事不是下官说了算的，但若是新出大夫的要求，”冈野想了一会儿，继续道，“可以。请到药剂室来吧。”说完，亲自带着他们去往药剂室。

一行人穿过走廊，中庭对面有几个并排的房间，冈野带领二人来到最里面一间。那房间有六帖大小，一面墙上是固定的柜子，另一面墙脚堆着一些用糙纸裹起的包裹。包裹里散发出一股太阳暴晒过的味道，充斥了整个房间。

“幸好管这事的人是岛田越后，”去定自语道，“如果是津津井的话——那个老顽固，肯定说不动。岛田的话……你说什么?”

“没什么。“阿登摇摇头。

去定如梦方醒般看着阿登，端详着保本登的脸庞，像是有话要说，却又一脸不悦地抿起了嘴。不一会，冈野带来了小国，说结束之后知会他一声，便留下小国离开了。

---

① 同心：江户时代幕府的下级官员。

“过来坐这边，”去定向小国道，“我是新出去定，是给你父亲六助治病的大夫。来找你是想救你出去，你凑近些，仔细给我讲讲事情的来龙去脉。”

六

小国今年三十二岁，但怎么看都像四十多岁的人。她半白的头发用稻草芯扎成一束，暗哑枯燥，脸颊干瘦，皮肤暗黄干裂，还布满了皱纹。身上穿着用破布拼成的外罩，腰间扎着打满补丁的束带，看上去比街头的乞丐还要可怜。

去定踌躇满志地要救小国出去，而小国却呆愣着坐在那里，一言不发。阿登心想，像个空酒壶。身体在这里，但灵魂已经出窍，只剩一副空壳。

“你来问她，”去定泄气道，“我去会会冈野。”说完便离开了。

阿登想到了死去的六助，还有寄放在柏屋的孩子们。外祖父与外孙、外孙女——外祖父在养生所孤独死去，外孙、外孙女在陌生的柴钱旅馆瑟瑟发抖。想到这里，阿登开始同小国讲她的孩子们。小国听了，身体突然颤抖起来，瞪大了双眼。

“孩子们还好吗？”小国结结巴巴地问道，“我爹收留了他们吧？”

阿登告诉她六助病逝的消息和孩子们的情况。他说，六助死后留下了银两，去定也会帮助她。“以后如果有什么事我们一定会帮忙的，所以还是把事情仔细同我讲讲吧。”

“我爹他……过世了？”小国茫然地自言自语。这只言片语像是从她嘴里无意识地滑落出来的，之后便又没了声音。过了许久，小国才恍若隔世般开口。她低声问道：“我爹死的时候受苦了吧？”

阿登摇摇头：“没有，老人家走得很安详。”

小国呆呆地望着阿登，眼神涣散。终于，小国用沧桑无力的语调讲起了她的故事。那样子不像是讲给阿登听的，倒更像是自言自语。她似乎忘记了阿登，意识飘向了很远很远的地方。

小国是六助的独女，三岁到十岁被寄养在多摩川的农家。十岁那年父亲接她回家，父女俩一起生活了两年，而后她的生母出现，带走了小国。小国之后才知道，当年母亲与六助的年轻徒弟（也就是富三郎）私通，一起出走，因此她才被送去寄养。但是，母亲最终还是想要回女儿。小国十二岁那年，母亲偷偷把小国叫出来，不声不响地带着她逃走了。

“我从来没有被生母照顾过，那时刚好又是渴望母爱的年纪。”小国道，“她对我说，我是你的生母，跟我走吧。那时我什么都没想，开心得像做梦一样，迷迷糊糊地跟她走了。”

母亲说富三郎是一个亲戚。

小国当然深信不疑。他们一开始住在京桥的炭屋河岸。因为六助的店就在日本桥的桢町，他们又搬到了芝神谷町，在那里开了一间小小的杂货店。富三郎看店，母亲去茶屋做帮佣。小国后来才知道，两人私奔时，富三郎才十七岁，母亲比他大了整整七岁，所以一直是母亲养着他。富三郎因此养出了怠惰的毛病，跟小国在一起后，也是把店里的事全部交给小国，大白天喝酒睡觉，整日游手好闲。

那时小国还不知道母亲和富三郎的关系，只把他当作一般的亲戚。她好奇富三郎为何不干活，为何整日游手好闲，为何母亲从不管教他，但从来没有问出口。一年后的一天，小国独自守在店里，父亲突然进来了。小国认出了父亲，想要逃走，但因为害怕而动弹不得。

“直到现在我都记得，我爹让我回家。他面色沧桑，勉强挤出亲切的微笑，对我说，跟我回家吧，小国，我只有你一个宝贝女儿啊——”小国的声音越来越弱，字句颤抖着，“他说，我只有，你一个宝贝女儿啊。”

小国潸然泪下，却也不去擦干，边流泪边继续讲了下去。

看到父亲这样，小国也不害怕了。她那时十三岁。她从三岁起被寄养，只同父亲一起生活了两年，尚且不知什么是亲情。

“不要。我要和我娘住在一起。”

小国断然拒绝。

六助默默看着小国，说：“如果你需要帮助就来找我，为了你，我什么都愿意做。”他说完便离开了。这件事小国没同母亲讲，也没同富三郎讲。她觉得父亲不会再来了——事实上，之后的十年里，父亲的确一次也没有出现过。十六岁那年，小国在母亲的强迫下与富三郎成婚了。她虽不情愿，但也不忍心看母亲哭着求她。

“如果不这样做，我就没办法留下来继续和你在一起了。”母亲反反复复地说，“你就当是为了我。”

小国最终还是被说服了。那时小国尚不懂世事，不知何为夫妻便稀里糊涂地成了富三郎的妻子。

而后，家里便乱了套。

其实个中隐情细想便知。母亲想利用小国拴住富三郎。她已经快四十岁了，除了富三郎之外也没法找别的男人了。她别无选择。但是已至中年的她，在如愿留住富三郎的同时，也陷入了深深的嫉妒。

小国如此说道。

七

在与富三郎成婚两年后的某个冬夜，小国终于知道了他同母亲的关系。

他们在神谷町的住处只有六帖大小，夫妇二人与母亲同睡在店面后的房间里，中间隔着一道屏风。那时小国仍不知房事之趣，只是被迫忍耐着不快。这天晚上也是一样。但小国在那之后没有像往常一样睡去，她感到浑身燥热难耐，意识异常清醒。终于，她听到母亲轻唤着富三郎。富三郎睡得很沉，母亲又唤了两三声。小国缩起身子，屏住了呼吸。然后，她听到母亲悄悄过来，摇醒了富三郎。富三郎被扰醒，尽管有些不悦，还是咂着舌起来了。

小国仍屏着呼吸，把身子缩在被子里。没过多久，小国便察觉到了母亲的呻吟。这不是第一次，至今为止，至少有数十次。牙齿互相碰撞的声音、喉咙深处的喘息、难耐的呻吟……她在半梦半醒间听到过几十次，每次都以为母亲做了噩梦。但是这天晚上，小国终于知道了真相。她既知道了母亲和富三郎的关系，也明白了这两年母亲无故恼怒、踢打自己的理由。她对富三郎毫无感情，所以并未因此感到嫉妒。但极度的厌恶却让她突然一阵反胃，刚掀开被子便吐了出来。

说到这里，小国“呕”了一声，两手紧紧捂住嘴，或许是那时的记忆又使她感到恶心了。她紧紧地压住嘴唇，久久保持着这个姿势。

“别说那晚的事了，”去定重新回到药剂室，“你母亲后来怎么样了？”

小国放下双手，恍惚地看着去定。

“死了，”她有气无力道，“那件事后，她就离开了家，住进了帮佣的茶屋。”

小国二十三岁时生了孩子，那之前半年母亲就已经死了，但小国没有去见她最后一面。富三郎得知母亲病危的消息后，转告小国说母亲不想见她，就算她来了也不会见的。她不说小国也知道——母亲离开家五年了，一次都没有回来过，也不知身在何处。可她与富三郎的关系却没有断，富三郎时不时在外过夜，甚至三五天都不回家。他们光靠杂货店的生意根本无法维持家计，小国从十七八岁起便在家接些零活，再加上母亲的收入，三个人勉勉强强过着日子。母亲走后，家里更加拮据，但富三郎却毫不抱怨，甚至不时塞给小国几枚钱。

“拿着，昨晚我和朋友赌着玩，赢了点儿钱。”

虽然富三郎这么说，但小国知道他去与母亲私会了，这是母亲赚来的钱。母亲如此深爱着他，就连死的时候也只希望他一个人来送别。如果见到了小国，她一定会心生嫉妒，死也不甘心吧。这些不说我也知道，小国心想。

“我没参加丧事，到现在都不知道她的墓在哪儿。”小国道，“就算我供奉她，她也不会高兴的，所以我也没立牌位。如果她在天有灵，一定还记恨着我。”

母亲已经死了十几年，小国仍觉得母亲恨着她。阿登觉得脊背一阵发凉，他无法理解母亲痴情之罪的深重和执迷不悟的可怖。小国的话直白易懂，但越是这样，越能使人感受到其中混杂的种种情感。小国想接着讲下去，去定却打断了她。

“之后的事我都知道了，”去定道，“六助后来联系你了吧。”

“嗯，娘死后没多久，他就到神谷町我家来了。”小国答道。

“直到那时我才知道，富三郎是父亲的徒弟，与母亲干了坏事，然后两人私奔了。父亲让我跟他走，说我和那人在一起肯定要每日以泪洗面，不如趁现在离开，跟他一起过日子。‘我不走，别管我。’——我故作冷漠地拒绝了。”

小国虽然怀有身孕，但对丈夫却没有丝毫感情。她只是不愿，也不能给父亲增添负担，不然会遭报应的。

“我那时一心想着，母亲同富三郎私奔的时候、我被母亲带走的时候、我拒绝和父亲回家的时候……他该有多伤心、多痛苦啊。”

小国与富三郎商议后，两人搬到了金杉。她在那里生下了小丰和助三。之后父亲又找了过来，留下了些银两。父亲来时说桢町的店已经关了，有事就去传通院后一家叫柏屋的旅馆找他。

“我已经干不动了，觉得什么都无趣，我这一辈子都很无趣。”

六助说完便离开了。

阿登想起他在柏屋听说的，六助从二十年前就时不时出现，没来由地在旅馆小住几日，隔一段时间又回来住几日。那刚好是他在神谷町被小国拒绝的时候。他有不想让世间知晓、自己也不愿想起的秘密。那偏僻、破旧又昏暗的旅馆恰好适合彼时的他。阿登眼前浮现出了这样的画面：六助忘却了自己闻名江湖的描金画师头衔，舍弃了为三大家族献作的手艺，作为一位平庸的老人投宿在廉价的旅店，混在一群客人中间，一面安静地听着大家闲聊，一面自斟自饮。是啊，阿登心想，只有在这样的地方，六助心中的悲伤与痛苦才能得到慰藉。他承受着那么剧烈的病痛，但是直到临终时都没有发出一声痛苦的呻吟，或许是因为他过去经历过更加撕心裂肺的痛苦吧。阿登这样想着，垂下眼叹了口气。

“不是的，”小国道，“不是这样的。”

八

她的声音突然变大，阿登吓了一跳，终于回过神来。

“我一点儿也不觉得举报他是我做错了，也不觉得他可怜，”小国加强了语气，“他不算是个人，自己不正经赚钱，我和孩子都吃不上饭，他自己在外面玩乐、做坏事，甚至让我去父亲那儿要钱，还骂些畜生之类脏口的话。他不该那么说的，明明是他害父亲遭受痛苦，他怎么能那么说呢？”

“但是我记得你和管事说过，让他在牢里尝尝苦头，可能就会洗心革面了。”

“我哪会说这话，”小国摇摇头，“是别人教我和管事这么讲的，我不这么想，在公堂上也没这么说过。我能说实话吗？”

“说吧。”去定点点头。

“如果可以的话，”小国咬牙切齿道，“如果可以的话，我真想亲手杀了他。要不是为了孩子，我早就动手了。今天下手吧，今晚下手吧，这种念头不知道动了几十次，这才是我真正的想法。”

小国说完，终于抬手擦了眼泪。方才流下的泪水已经干了，用手一擦，泪痕被抹开，仿佛歌舞伎的脸谱。

“我知道了，”过了一会，去定道，“但只有我知道就好，把这些想法藏在心里，明白吗？明天我肯定会救你出去，如果你把刚才那番话和这里的官员讲了，一切就功亏一篑了。不管人家跟你说什么，你只管低着头，说知错了就行。想想孩子们。知道了吗？”

小国低声说着“知道了”，把头低到膝盖，深深鞠了一躬。

从牢房出来后，去定一言不发地向北走。方才在柏屋时，那家孩子就问“晚饭吃什么”，再加上从早上开始就忙个不停，本以为已经黄昏了，没想到屋外天色明亮，街上行人车马络绎不绝，仍是一副热闹景象。去定像是累坏了。他弓着腰，一边拖着步子往前走，一边晃着脑袋，嘴里念叨着“人真是蠢啊，人真是傻啊，好人也是又蠢又傻啊”什么的。走到石町二丁目，去定放慢了脚步，问阿登：“你对那女人说的话有什么想法？”

阿登不知该如何作答：“您是指她说想杀了丈夫那句？”

“不是，从头到尾，所有的。”去定又摇起头，“她说的不对。”去定道：“她不该把所有过错都推到富三郎头上，我问了冈野，他已经被捕了。无非是个不务正业又胆小怕事的人罢了。他变成今天这样，六助的妻子也有责任。才十七岁就被引诱私奔，而后习惯了被女人养着，这种事一旦习惯了就很难再改掉，最后终会走上歧途。这种事情屡见不鲜，他不过是其中一个可怜的例子罢了。”

阿登想说什么，却又突然沉默，脸颊微微泛红。他本想指责富三郎的淫秽，明明与母亲有染，还娶了女儿为妻，但开口前他又想到自己犯下的错——那次因疯女由美蒙上的耻辱。

去定似乎没有察觉，他渐渐加快了脚步，用方才的语气继续道：“人生满是规矩，但是没有一条规矩能适用于所有人，甚至不许杀人、不许偷盗，这些原则都不是绝对的。”去定压低了声音：“我去和岛田越后通通气，我也不想这样，这种做法的确卑劣，但是人总有不得已，现在就是打破规矩的时候。”走过石町的护城河，去定让阿登先行回养生所去。

“我去见见町奉行，应该要在那边吃晚饭，你回去告诉他们我晚些回去。”

阿登答应后便与去定分开了。

第二天，小国从牢里出来了。她没拿赏银，这多半是去定的意思。公家允许小国回去正常生活，她出来后便直接去了柏屋照看孩子们。

又过了一天，去定命阿登去柏屋给孩子复查，并包了五两银子给他。

“把这个给小国带去，另外十两先在我这儿放着，以备他们母子不时之需。你告诉她，我这两天就去找她聊聊。”

“但是，”阿登问道，“六助真的留下了这么多钱吗？”

“留了五两多一点儿，另外十两不是他的，”去定神情得意地看着阿登，“那是岛田越后太守给的。”

阿登一脸惊诧。

“越后太守是上门女婿，家里有位小心眼的妻子，”去定继续道，“几年前妻子得了郁结之症，我每个月都上门去给她看病，我配的药也一直往他家里送。所以我才说，还好负责这案子的人是岛田。”

阿登仍是一脸惊诧地看着去定。

“这要是不说清楚，我就更显得卑劣了。越后太守悄悄在别院娶了个侧室。”去定眯起眼睛道，“娶侧室本不是什么见不得人的事儿，但偏偏那位正妻嫉妒心极重。我呢，就去提醒了他一下——我知道，保本，我知道我的手段很卑劣。”

去定仍是一副得意的神情，看不出半点自责。

“放了小国，是理所应当的，那十两银子就当作是他妻子的治疗费，我就是这么卑劣。”去定道，“以后你要是嫌我居高临下，大可以把这件事说出来，指着我的鼻子，骂我是卑鄙小人。行了，你去柏屋给她吧。”

狸猫大院

一

快进入梅雨季的时候，保本登穿上了大夫的统一制服。鼠灰色的棉质筒袖夹衣，配上裁付似的袴，布料硬邦邦的，摸起来像是干了的糨糊。第一次穿的时候，他觉得所有人都在盯着自己看，很是别扭。

新出去定和森半太夫对此一言不发，二人权当作没看到他穿了制服。别的大夫也不说什么，但是大家一见阿登，要么神情讽刺，要么面露讥笑。只有一个人为这事感到高兴，并且当面夸赞了他。那人是在厨房工作的小雪。小雪见到阿登穿了制服，拍手叫着“哎呀”，笑得看不见眼睛。

“您终于穿制服了，太好了，”小雪道，“这下我可赢了。”

“赢了？”阿登讶异道，“你和谁打了赌吗？”

“这……”小雪有些慌神，但马上就用满面的笑容掩饰住了，“说是打赌也行，其实是我许愿来着，希望保本大夫能够改变心意。”

“改变心意？什么意思？”

“希望保本大夫愿意留在养生所。”小雪鼓起勇气道，“这话不该由我说，但是这儿真的需要好大夫。真正的好大夫是不会不愿留在这儿工作的吧。”

阿登注意到了。这话是森半太夫说的。

小雪喜欢半太夫，这事他听津川玄三说过，也听服侍疯女的小杉说过。据说半太夫对此非常冷淡，小雪是剃头挑子一头热。小杉曾说，她欣赏森先生的正直，但一想到小雪，就觉得他十分可憎。阿登有时也能看到他们二人聊天。通常是小雪叫住路过的半太夫，两人站着聊上几句。还有一次，他在药园的栅栏处，看到小雪在哭——那是晚春的黄昏，半太夫抱着胳膊，像根木棒似的站得笔直，抬头望着天空，小雪在他身边用袖口捂着脸抽泣。阿登离他们很远，见此情形立刻别开视线，离开了。然而，在一片薄雾笼罩的昏暗的逆光处，二人相会的场景如剪影一般，令人感受到不真实的悲伤。

那的确是半太夫的语气。

阿登想着，装作不经意地问小雪：“这是森的看法吗？”

小雪毫不避讳，笑着答道：“是啊，森先生是这样说的。”

“我也有自己的想法。”阿登突然皱起眉，语气激动，“他不过是在骗自己罢了，谁都想出人头地，想成名、想发财，这是人的本性，是正当的欲求。红胡子就不说了，他已经是家喻户晓的名医了，大名诸侯和富商都对他厚礼相迎。而且，他不嫌贫寒在这诊疗所工作，更能抬高名气。但我们和他不一样，我们只是无名的见习大夫，如果永远待在这里，就要做一辈子无名之辈，我可不愿意!”

“您太累了，保本先生。”小雪同情地说，“说出这么赌气的话，一定是因为太过劳累，请您回去休息吧。”

阿登垂下手，转身离开了。

他有些羞恼。不仅是因为他对小雪说了那些话，也因为自己言行不一。方才他同小雪说的话不是赌气，也毫不夸张，他只是不加掩饰地把平日里的想法说出来而已。但另一方面，他的确被养生所的工作和新出去定的为人深深吸引了。他穿上一直嫌弃的制服是有客观原因的。但若不是他自己的内心发生了变化，也不会想穿起它吧。要说理由，其实只是某位病人的一句话。

传通院前的中富坂有处“狸猫大院”，是这一带人尽皆知的、极为贫困的人居住的地方。阿登时常陪去定去那里出诊，日子久了便开始负责一位名叫伏屋佐八的病人。他大约四十五六的年纪，看起来身形健硕，但因为患了肺痨，身体越来越虚弱了。

“您劝他好好安心养病吧。”

大院的管事治兵卫不知劝了多少次，去定也反复强调要静养。每次佐八都老老实实地答应着，但他只有在发热或是咳得厉害时才肯休息，一旦觉得身体好些了便立刻起来干活。如果被人发现了，他就不好意思地笑着挠头、鞠躬，总之不像要停下休息的样子。

“就快干完了，干完就去休息，我保证。”

听管事的治兵卫说，佐八年轻时结过一次婚，但只过了半年夫妇俩就缘尽了，从此他便一直独自生活。他有手艺，赚得也多，但是他本人却无欲无求，赚来的钱都花在别人身上了，到现在连家什衣物都没置备齐全。

就是这个佐八，有一次神情疑惑地看着阿登，问他为什么不穿养生所的衣服。阿登答说，因为这不是公家的规定，而是红胡子擅自决定的，算不上什么规矩，穿不穿是他的自由。

二

佐八看向别处，自言自语似的嘟囔着：“那身衣服可是治病救人的象征。”他接着道：“一看到那身衣服，我就知道是养生所的大夫来了。我们这些穷人，虽然生病时不愿去养生所，但若是看到有大夫路过，也会想叫他过来给我们治治。我们都很感激那身衣服。”

那身衣服有别的意义。它让穿着的人便于行动，保持整洁。如果沾上了患者的秽物，能够方便换洗；即使衣服不脏，也规定夏季每天换一次，冬季隔天换一次。阿登本以为去定是为了这些优点才做了这身衣服，但听了佐八的话后，他心里默默认可了这层含义。

“真有他的。”

从小雪那儿回房间的路上，阿登自嘲似的摇头。“人的本性，正当的欲求，”他撇着嘴，“好巧不巧还是穿着这身制服说的。”

路过去定的房间时，阿登听到拉门后传来叹息。与其说是叹息，倒不如说是低吼。虽然只有短短的一声，但阿登却吓得胆战心惊，加快了脚步离开。然后穿过走廊时，森半太夫拉开了自己房间的门，向阿登做了个进来的手势。

“什么事？”

“有话跟你说。”半太夫道。

“我还没吃早饭呢。”

“我也没吃。进来吧。”

阿登不情不愿地进了森的房间。

“刚才去哪儿了？”

“哪儿也没去，”阿登耸耸肩，“吃早饭前散个步，不行吗？”

“我——”半太夫发出一声怒吼，随即又忍住怒火，平静地说，“新出大夫现在很生气，我不过是想提醒你做好心理准备。”

阿登没接话茬。

“刚才与力叫他去值班室，让我也一同过去。”半太夫稍稍压低了声音，“找我们的是松本三左卫门大人，肝煎小川氏（也就是养生所的所长）也在。他们提出终止门诊治疗，还要削减三分之一的经费。”

其实很久以前门诊就被废止了。半太夫解释说，由于养生所扩建，入院患者人数增加，门诊治疗那时就宣布废除了。事实上，这么做是不可能的。就算把入院患者的名额从七十多人增加到一百五十人，每年也至少有三百五十人过来门诊，多的时候甚至有七百多人。其中多是穷人，就算生了病也没钱去看町医。这些人在面前一哭，他们也狠不下心不给人家看病。给第一个人看了就得给第二个人看，于是来门诊的人越来越多，门诊治疗又恢复如初了。

“新出大夫上任后，默许开放了门诊，相当于半公开了。”半太夫道，“现在又突然让我们停止门诊，还要削减养生所三分之一的经费。”

“这是……”阿登问道，“这是为什么呢？”

“说是将军家办喜事，需要经费。”

“什么喜事？”

“好像是将军的姬妾生了个大小姐，将军大悦，要隆重庆祝。与力没明说，但话里话外是这个意思。新出大夫就是为此发火呢。”

将军家有喜事不应该大赦犯人，向穷人施粮舍银吗？去定本想这么说的。他因为这事怒火中烧，却没有资格反驳，一旦反驳就犯了逆上大忌。

“新出大夫说，削减经费的事他没意见。但是，门诊治疗不能废。”半太夫说到这顿了一顿，压着怒火低吼道，“‘那些都是贫穷的病人，不给他们治病就等于把他们逼上死路，我做不到。希望您三思。’——新出大夫这么说完便起身走了。”

这时，早饭的钟声响了，但谁也没有起身的意思。半太夫说完话，两人又沉默着坐了一会。

“小川氏怎么说?”阿登开口问道，“他站哪边?”

“哪边都不站。他作为养生所的所长，本来应该护在我们前面的，”半太夫道，“但是他就坐在那儿，一句话都没说。估计是哪边都不想站吧。”

说完，半太夫站起身。“去吃饭吧，”他向阿登道，“这当口可别去惹新出大夫。”

阿登没有自信似的沉默着。

上午去定心情很不好。虽然他没有表现出生气的样子，也没怒声呵斥谁，但是能看出他的确心有怒火。从给患者做检查到开完方子，半太夫和阿登一直跟在他身边，稍微有些风吹草动二人便警惕地对视一眼。

这人挺好的嘛！阿登心想。

他突然觉得森半太夫十分亲切，并且对他产生了些许好感。这种印象的变化十分自然，连阿登自己都觉得有些惊讶。

至少比津川更像个正经人。

他想起津川曾轻蔑地说半太夫是个“乡巴佬”，却忘记了自己以前也是那样看待人家的。他发现半太夫身上竟然有些值得学习的地方。

写完药方，去定一面收拾外出用的东西，一面看着阿登。

“狸猫大院的佐八怎么样了?”

“还是老样子。”

“我一会儿要去个地方，你随我一起来。”

半太夫和阿登出了门，半太夫正要往药房走，又回过头向阿登道：“多加小心啊。”

阿登笑着点点头。

三

去定要去的地方是松平壹歧守的宅邸。从牛込城门进去约走二百米，距消防署不远。去定一路上都在自言自语。“他们有这个权力吗？谁给了他们这个权力？”他摆摆手，“若是乱世也就罢了。现在国家太平，秩序井然，幕府稳住了统治的根基，四民唯命是从，幕府就可以为所欲为了。不管是多没天理、多残忍的规矩，只要冠上幕府的名号就能立下，谁也不敢违抗。”

“我可不会上他们的当。”去定撇着嘴，“我老了，也好说话，但是对这种把人玩弄于股掌的把戏可不能视而不见。就算我再老、再好说话，也不能屈从于这种愚弄人、侮辱人的统治。”

去定迈着大步嘟囔了好一阵，然后又放慢了脚步，用力捋着胡须。“以恶制恶，”去定自语道，“以暴制暴——把手无寸铁的百姓逼入绝境，使之饱受痛苦的人，也得尝尝绝望和痛苦的滋味。是吧？”

去定愤愤不平地说了半天。他心中的怒气与憎恶正在沸腾。

他先是诅咒幕府阁僚，又自责对强权的无能。但是进了城门，去定却泄气地摇起头，抬起右手做了个拭汗的动作。“不行啊，”去定叹息道，“我还是做不到。我不过是个好说话的老人，官僚也是人，还是相信他们吧。他们不过是错在没有能力却身居高位，又缺乏常识罢了。他们……”说到这，去定又把嘴抿成“へ”形：“他们比最贫穷、最无知的百姓还要愚昧，他们才是可怜的人。”

背着药箱、和阿登一同陪着去定来的竹造突然结结巴巴地说壹歧守大人的宅邸到了。去定吓了一跳，停住了脚步，他先是看了看左手边的门房，然后又瞪了一眼竹造。竹造不明所以地看看阿登。阿登会意，走向了门房。

去定和阿登从侧门进了宅邸。

二人落座后，帮佣端上了茶水和点心，家臣川本韧负出来接待了他们。去定没碰茶水，问候过便开门见山地说：“我今天来取医药费，麻烦准备一下吧。”韧负听到要五十两金子，像突然被针扎了一下似的，惊讶地仰起下巴。

“其中十两换成零钱。”去定淡然道，“把这几天的食谱给我看看。”

“那您什么时候做检查呢？”

“要等看过食谱之后。”

韧负急忙出去了。

“壹歧守的俸禄是三万两千石，他还常年管着奏乐班，肯定是富而不露。”不知道他是说给阿登听的，还是说给自己听的，那语气听起来有些嘲讽，“金子五十两也好、一百两也好，反正也不是他出力赚来的，花出去也不痛不痒吧。”

说完，去定又恼恨地反复嘟囔着“五十两、一百两”。

过了不久，名叫岩桥隼人的管家进来，递过来一卷写了字的纸。那是近五日的食谱，上面记的都是壹岐守的膳食。去定拿起笔墨，接连划去了几行，又添写了一些菜品。

“在一百天之内，按照这上面节制饮食。”去定把卷纸还给隼人，说道，“严禁吃禽类肉蛋，鱼类和腌渍梅不能超过这个量。至于米饭，我之前也反复强调过了，食用精米有损寿命，务必七分麦三分米搭配着吃。”说完不等隼人回答，便要求去给大人号脉。

阿登在一旁看着去定给壹岐守诊察。壹岐守四十五岁，身材像画上的海象一样肥满，光是坐着都显得很吃力。他的肚子肥得惊人，每动一下身上的肉都软软地晃动；下巴足有三层厚，甚至挡住了脖子一直垂到胸口；脸庞浑圆，双颊鼓鼓囊囊，把眼睛挤成了一条缝。去定没有动作，也不去号脉，只是沉默着从下到上打量着他，眼神中似乎充满了怜悯。壹岐守渐渐忍耐不住，难受地松开衣领，用手帕擦起嘴，喉咙里喘着粗气。

“方才看过了大人的食谱，”去定终于开口道，“正如我先前所说，大人并未患疾，但体征却逊于病患。若是有病症，那对症下药便是。但大人因为多食珍味佳肴，内脏脂肪厚积，功能衰退，以致吸收与排泄紊乱。”

约两刻，去定一直用强硬的口吻威吓壹岐守，阿登听了半天方才明白过来。去定对吃食的限制严格得吓人。阿登刚才就听到主食七分麦三分米、禁食禽类肉蛋之类的要求，这会儿当着壹歧守的面，去定又向管家重申了一遍，所限食量和种类简直比最穷困的百姓还要贫乏寡淡。壹歧守白皮囊袋一样肥厚的脸始终面无表情，但那双被挤得细长的眼缝里却透出了孩童般的胆怯和委屈。

“穷人得病，大多是因为膳食贫乏，”回到客室后，去定向阿登道，“富豪与大名得病，则大多是膳食过盛。世上最可悲的就是贪食而亡。一见他那副样子，我就恶心。”去定一副欲吐的表情。

岩桥隼人拿来了钱。去定一边说“我这就配药”，一边拿过了药箱。待隼人走后，去定从十两黄金中取出二两用纸包好，让阿登带到狸猫大院去。

“我去趟黄鹤堂，然后还要到别处去看诊。”去定道，“削减了经费；就得先从药材上想办法，我去忽悠一下黄鹤堂的掌柜，也是一项工作啊。行了，你先去狸猫大院，把这钱给治兵卫送去。”

阿登把纸包揣进袖兜，先行离开了。

四

阿登快走到中富坂的大院时，天空忽然阴云密布，雷声贯耳。刚进管事的屋门，外面便下起了骤雨。治兵卫正编着草鞋，一见阿登便急忙站了起来，草鞋也不编了，连声说："我正要往养生所去迎您呢。"

"因为佐八吐血了啊，"治兵卫拿出伞道，"您方才碰见派去的人了吗？"

"没有，去办了些别的事儿。"阿登说着把纸包递给治兵卫，"新出大夫让我把这个捎来。"

治兵卫沉默着放下伞，毕恭毕敬地用双手接过纸包，放进了佛坛下的柜子里。之后，二人同撑一把伞，走上狭窄崎岖的木板路，往佐八的家中去了。这段路地势低洼，一下大雨就会严重积水，而且通向小石川河的排水渠也堵着。每到这时，路上铺着的木板就会浮在水面上，大院的女人们会冲进瓢泼大雨中疏通排水口。

佐八的住处在大院之外。原本那里也是一处出租大院，大约七年前，附近的山崖发生了土崩，院子被土埋了，只留下角落里的一间。屋主本想重建，无奈压下来的土量太大，只好放弃了这个念头。佐八自己动手清理了角落里那间屋子，住了进去。这七年里，经过雨水的冲刷，土几乎都被冲走了，原来的大院几乎已是平地，因此屋主又打算重建宅院，在那里堆了些木材，也开始平整地面了。

他们在佐八的住处见到了治兵卫的妻子小琴。

"他正睡着呢。"小琴向阿登打过招呼后对丈夫悄声道，"有时候他会说些奇怪的话，估计是因为发热才说的胡话吧，这会儿看起来倒是没那么难受了。”

“保本大夫刚才去别处了，”治兵卫坐下道，“等帮佣回来，你告诉他大夫已经到了。打着伞去的吧，让他赶快再送一把伞回来。”

小琴出门后，天空立刻电闪雷鸣，外面传来小琴的惊叫，屋子似乎也跟着晃了起来。治兵卫立刻冲向门口，往木板路上张望，万幸没发生什么。“怎么跟个孩子似的。”治兵卫嘟囔着坐了回去。阿登看着病人。

“大约一刻前，”治兵卫道，“我叫我家老婆子来给他送粥——啊，我看他从昨天中午就一直躺着，就做了粥叫老婆子送来。老婆子过来一看，他就倒在那边的工棚。”

那工棚由一个六帖的房间和一个二帖的房间组成，约有三坪大小，地上铺着木板，看样子像佐八自己动手搭起来的。工棚没有屋顶，墙壁也是木板围起来的，像个临时搭起来的棚子，地上四处散落着用来造车轮辐条的材料和工具。小琴来的时候，佐八就倒在里面痛苦地呻吟着，地板上淌了一摊血。小琴赶忙叫来治兵卫把他抬到床上，之后他又吐了一次血。

“吐了半盆呢，”治兵卫低声道，“我扶着他，看着他吐我都想跟着吐了。我还以为这次他挺不过来了呢。”

佐八忽然睁开眼。

“小仲，”佐八说着环顾四周，“小仲，你为什么来？”

他的声音平静又清亮。

“那是与他断了缘分的妻子，”治兵卫向阿登悄声道，“已经分开十七八年了。她的名字就叫小仲。”

佐八的目光聚焦在一处。

“你本可不必来的，”佐八的声音仍然很清亮，“反正我会去的，很快。啊，不会让你等太久的。”

他微笑着，仿佛那人就在眼前似的，温柔地向她点头，而后又闭上了双眼。治兵卫看着阿登。

“说胡话呢。”阿登道。

“濒死之人才会这样说胡话，”治兵卫悄声道，“但我还不想让他死啊。不管付出什么代价，我都想让他好起来。佐八可是个像神佛转世一样的好人啊。”

“我也是四五天前才知道的。”治兵卫抱起胳膊，低声讲述道。

之前就有人说，佐八为大院的人花了不少血汗钱。他自己连身像样的衣服都没有，不仅滴酒不沾，烟草也不碰，吃饭只是糊弄着填饱肚子，省下来的钱全都给了周围日子难过的邻居。这事儿实际上有很长时间了。像狸猫大院这种地方，住的都是特别穷苦的人家，很少有人会在这儿久住，基本上每三年就换一波新面孔。佐八的善举一直没人知道，一是因为佐八从不声张，二是因为他帮助过的人一个接一个地搬走了。直到五年前，佐八病倒后，这些事才传到治兵卫的耳朵里。

“当时我就跟他说，差不多行了，”治兵卫道，“哪有自己病倒了还去帮助别人的傻子，凡事都要有度啊。我冲他发了好一通火。”

佐八当即说了抱歉。他是因为肺痨倒下的，却不去看医生，只休息了十天便又起来干活了。他向治兵卫保证，今后尽量不给大家添麻烦，也会注意身体。然而事实上，他从未兑现过这些承诺。他的病症每况愈下，于是治兵卫不由分说请来了去定，去定也告诫他必须要休养。

“但是吧，”治兵卫放下抱着的胳膊，两手撑着膝盖道，“我四五天前刚得知，他仍旧在给别人送东送西。去定医生给钱让我给他买滋补的吃食，我就让老婆子把那些个吃的和药一起给他送过去。一次都给他吧，我们也不放心，就每天给他送一份，心想这下应该没问题了，结果一问，他还是把那些东西送人了。白米、鱼、鸡肉、鸡蛋，甚至连药都送了人。那可是救命药啊，大夫。”治兵卫压低的声音因为愤怒颤抖着：“这可让我说什么好，我一生气就冲了过来，又吼了他一顿。”

阿登看着病人的脸。

他到底图什么呢？

阿登望着佐八骨瘦如柴的脸，在心中问道。佐八的所作所为不合常理。如果只是生性乐于助人，也不至于为他人做到这个份上。虽然治兵卫说他是神佛转世，但是阿登并不这样想，他觉得佐八应该有更加现实，或者说，更加与人性相符的理由。

佐八深深呼了一口气，再一次睁开了眼。他苍白的、失去血色的嘴唇带着微笑，不知在向什么人点头。“真美，嗯，”佐八这次的声音仍然很清亮，“你真美啊，尤其是那对小酒窝。小仲，到这儿来。”

突然，佐八的表情变得狰狞起来。骨骼突起的脸颊僵硬着，双目圆睁，从苍白干瘪的嘴里龇出牙，剧烈地颤抖着。

“她……”佐八嘶哑地呻吟道，“不要，我不要她。别让我见她，把她带走吧，带走吧……”

佐八喘着粗气，紧紧闭上眼。

这时，屋后的空地处传来了惨叫声和狗的狂吠声。雷雨骤停，可以清晰地听到那声音喊的是“有尸体”。

治兵卫腾地站了起来。

五

保本登在佐八身边一直守到黄昏时分。

管家治兵卫听到屋后传来骚动，说去去就来，便出了门。过了一刻，他还没回来。病人已经彻底平静下来，半张着嘴，睡得正熟。阿登腹中饥饿，便起身想要回去。这时，治兵卫回来了。

“真是不好意思，”治兵卫用手擦着额头进了门，“后面正平整土地，工人挖出来一些吓人的东西。”

“我要回去了。”保本登道，“病人睡熟了，暂时不会再发病，等他醒了就让他喝药，熬得浓一些。”

“留下来吃晚饭吧，”治兵卫挽留道，“都是些粗茶淡饭，我家老婆子正做着呢，不嫌弃的话一起吃吧。”

阿登道谢后婉拒了治兵卫的邀请，走出大院。

回到养生所，食堂刚好供完了晚饭，只有森半太夫在里面，阿登便坐到他旁边。铺着地板的食堂已经收拾停当，只亮了两盏灯，四下昏暗，显得一片空旷。当班的食堂阿姨是个中年妇女，名叫小初，她帮忙热了汤，但烤鱼和炖菜已经凉了。

半太夫喝完茶，起身说道："一会儿来我房间一趟吧，或者我去你那儿也行。我有话跟你说。"

"我今天很累，有急事儿吗？"

"你不在的时候，一位叫天野的小姐来过。"

阿登露出一副被人踩了脚似的表情，停下手中的筷子看着半太夫。

"名叫天野雅央。"

半太夫说完便离开了食堂。

"又剩饭了啊，"小初来收拾半太夫的碗筷，"难道因为不是小雪盛的饭菜，所以就没胃口吗？每次我当值的时候，森医生都吃不完呢。"

阿登沉默地吃着饭。

与谁当值无关，半太夫从入春之后就没有食欲。只不过每次小雪当值，他受不了小雪哀怨的眼神才勉强吃完的。碰上别人当值，或者菜品不合心意，半太夫连拿起筷子都觉得难受。阿登已经见过好几次了。

这是病，没有食欲肯定是因为生病了。

他恐怕是肺痨，阿登很早以前就发现了。他想不明白，半太夫是没有察觉，还是像很多病人一样讳疾忌医。去定那么中意半太夫，治疗都让他陪着，出外诊的时候也放心把医院的事情全权交给他。处处表现得像是要把他培养为自己的接班人，却对他的身体状况不置一词。半太夫的病征不可能逃过去定的眼睛。虽说大夫不养生，而且越是身边的人越容易忽略，但像去定那样的人不可能注意不到。

去定多半是知道的吧。

“对了……”阿登突然想到，去定曾经这样说过生命力与医术：有些个体能够克服疾病，有些个体就会病倒。虽然医生能确定病症和病历，为生命力强的个体提供些帮助，但是也不过如此了。医术的进步固然能够改善现状，却无法改变个体的生命力。“他说，医术是最没有人情味的东西，”阿登啜着茶自语道，“干这行越久，就越觉得医术无用，他是这样说过的。”

阿登自言自语着，突然睁大了双眼。他脑中同时思考着很多事情。佐八的事，半太夫的事，还有雅央来过的事。雅央的事蓦地在意识中清晰起来，令阿登十分烦闷。

阿登从食堂出来，直接回了自己的房间。没过一会儿，半太夫便来了，他隔着纸门唤着阿登。阿登有气无力地应了声请进。

“有点闷啊，”半太夫道，“把窗打开吧。”

他拉开纸窗，坐了下来。

“我今天真的太累了。”

“不要逃避话题，”半太夫道，“直面现实，解决问题，不好吗？”

“千草的事没什么可说的。”

“那你为什么不见雅央小姐？”

“我就是不见。”

“她来这儿，有时候会等上一刻多。”半太夫道，“她说，你明知道她来了，但从来不见她。”半太夫轻咳了几声，继续道：“今天是我接待的她，她请我听完她的话，还说有话要转达给保本先生。看样子她有不少心事，我便请她去了我的房间。”

“我不想听，”阿登摇头，“我不想知道关于千草的任何事，听了心里难受。”

“那更需要一吐为快才是，要紧的事还在后头呢。”

阿登狐疑地看着半太夫。

“听她说，天野先生要把保本从这儿调出去，去做幕府见习大夫。”

阿登的嘴抿成了一条线。

半太夫讲起了事情的经过。

之前也提过，天野源伯身为法印，是幕府的侍医。源伯与保本登的父亲保本良庵是至交，两家往来甚多。天野有个儿子名叫祐二郎，还有两个女儿；阿登则是保本家的独子。不知道是何缘故，源伯喜爱阿登胜过了自己的儿子祐二郎，只要见了阿登就笑眯眯的，不停夸赞阿登将来定会出人头地。

“但是祐二郎就不行了，那家伙将来怕是个游手好闲之辈，烂泥扶不上墙。”源伯经常咂着嘴说，这是他从前酗酒时生的孩子，自己也有责任。

到了阿登十九岁、千草十四岁的时候，二人定下了婚约。后来，阿登前往长崎游学，那年千草刚满十八岁，长相身段都雍容富贵，讲话也慢条斯理，一句一顿、不紧不慢，让人觉得她的舌头很有分量似的。那语调有时像少女，有时又给人一种成熟之感。

“那位叫千草的小姐好像说过，想在你去长崎之前成婚，”半太夫继续道，“天野先生也是这么希望的，但听说保本拒绝了。”

“去游学之前怎么能结婚呢？那时从我们定下婚约起已经四年了，游学也只有三年。”

“千草小姐已经十八岁了，”半太夫不着痕迹地岔开话题，“女子想成婚，一定是有理由的。对于保本而言，游学最重要，但对于十八岁的女子而言呢？”

阿登愤然摇头。“你知道什么，”他怒道，“那女人和书生偷情私奔了，我光是听着都觉得恶心。”

“也就是说，”半太夫嘲讽道，“也就是说，你对她还留有不舍？”

阿登又将嘴唇抿成一条线。

“你冷静一点，听我说完。”半太夫道，“如果你不是还留恋她，肯定已经原谅她了。听说那对夫妇与天野一家断绝了亲缘，而她现在就要生孩子了。这孩子是天野先生的长孙，千草也需要母亲帮忙，如果保本在这时放下恩怨，从中调停的话，他们一家定会和好如初。你就不想帮帮她吗?”

“没想到她是来求我做这事的。”

“还有一件事，就是把你从这里调走。”半太夫道，“据说把你安排进来的不是天野先生，而是你的父亲。他怕你因为千草的事误入歧途，所以和养生所说好，暂时把你安排在这里，直到你冷静下来为止。”

半太夫继续说，天野源伯从一开始就不赞成，他认为让保本登长期在养生所待着反而无益，所以打算遵守承诺，给他谋个幕府见习大夫的职位，让他尽早从这儿出去。

“雅央小姐说，如果保本也有此意，近期想见面详谈。”半太夫露出了和善的笑容，“雅央小姐虽然年仅十七岁，却是个心思缜密、优雅聪慧的大小姐呢。她看起来有些心神不定，似乎很担心你呢。”

六

是夜，阿登辗转难眠。

倒不是因为兴奋才难以入睡，而是因为他在冷静地反省和悔悟。他脑海中第一次浮现出了千草年幼时的样子，像是在请求他的宽恕。千草就算是长大后也从不轻易吐露心声。她不但不用嘴说，也不用神情举止来表现。阿登从前没有注意到这些。

他以为千草晚熟，又是个慢性子，尚没有女人的心思，成婚为时尚早。

“从小就相熟，反而没能察觉到啊。”他在被窝里自言自语道，“要是我察觉了她的心思，去长崎之前就与她结婚，事情肯定不会是今天这样。”

正因为他觉得千草晚熟，性子慢，情窦未开，所以在遭到背叛时更加痛苦。

“我一门心思只想着自己，”他又自语道，“我以为把我弄进这儿来，是父亲受了天野叔叔的笼络。父亲向来在天野叔叔面前抬不起头，我的将来也全托付在天野叔叔身上……我恨千草，也恨父亲和天野叔叔，还连带着恨起了养生所。”

阿登皱着眉，躺在床上翻来覆去。

“千草因为自己的过错心灵受伤，天野叔叔和父亲也有各自的伤心，而我却一心觉得受害者只有自己，只有自己被辜负了，真是不懂事啊。”他的眉头皱得更紧了。

“真是不懂事——想想来这儿之后发生的那些事，真是，丢不丢人？”

阿登在被子里缩成一团。

天明时阿登多少睡了一会儿，起来后吃了个稍晚的早饭。不久，狸猫大院便有人来了。来人说佐八看起来不对劲，叫他们赶紧去看看。去定让保本登立刻过去，并递给他一包药粉，嘱咐如果佐八难受得厉害，就喂他服下。

“要是没用到就带回来，还给我，”去定道，“这是一般情况下用不上的药，可千万记得啊。”

阿登准备妥当便出发了。

他走到传通院旁边时，被一个从小巷里出来的中年妇女叫住了。她问阿登是不是养生所的大夫，阿登答是。妇女听了便说她家孩子生了重病，喘得厉害，问他能不能来看看。她说已经病了半年了，因为欠了许多药费，大夫不肯来看病，孩子现在命悬一线。

多亏了这身衣服啊。

这身衣服彰显了养生所大夫的身份。付不起药费，医生不肯上门看病，妇女情急之下冲出家门，认出了这身衣服才前来求助。红胡子，真是个好老爷子，阿登心想。

“你去养生所吧。”他向那妇女道，“我正要去见病危患者，你去养生所叫人吧，再跑几步就到了。”

妇女谢过阿登，小步跑上了坡。

佐八家里，治兵卫和两个同住在大院的妇人正在照顾病人。年轻的那个在烧热水，年长的在隔间里擦着老旧的榻榻米。他们说，天亮时佐八吐了一点血，刚才又吐了，却是一大摊。因为没来得及给他递痰盂，有一半吐在了榻榻米上，所以老婆婆用毛巾浸了热水，用心擦拭着榻榻米的缝隙。

“听说昨晚给他吃了浓米汤，还有半个蛋黄。”治兵卫低声道，“我家老婆子想在这儿住下，被子都带过来了，但是病人非不让。今早天未亮时，她过来一看，病人自己已经收拾了吐脏的地。”

阿登凑到佐八枕边。

佐八像是睡着了，但是双眼却微微睁开，下巴耷拉下来，嘴像下颚脱臼似的无力张着。他的面色乌黑，脸颊上的肉如同被剜掉了似的凹陷下去，看起来毫无生气，脸上的皱纹一直蔓延到了下巴。

“已经时日不多了吧。”

“看样子是的，”阿登从佐八枕边起身，“已经无力回天了。”

“这么个大好人，”治兵卫重重地叹了一口气，“那些毫无用处的活累赘都活得好好的，这么好的一个人却要走了。神佛真是招人怨啊。”

年轻女子沏好茶端了过来。

“今天屋后很安静啊，”阿登没有接茶杯，他问道，“地面已经压平了？”

“还没，町里的官差要来查案，说是查完之前不能动工。”

“发生了什么？”

治兵卫露出嫌恶的表情，然后低声讲了起来。

在平整那块被土崩埋起的地时，发现了一具被子包着的尸体。尸体已经腐烂了，只剩下一副骸骨，兴许是被子里的棉花起了保护作用，尸体从头到脚完好无损，衣服的碎片留了下来，头发十分浓密，一看就能判断出是个年轻女子。“但是因为七年前的土崩，土地构造发生了变化，无法辨别尸体本来的位置，似乎在大院旧址的上方。从尸体的状态来看，一定是被杀害之后埋起来的，今天官差就会来调查了。”治兵卫道。

“只剩了骸骨，应该是好久之前的尸体了吧。”

“请善能寺的掘墓人看过，说已经死了十五年左右了。”

“怎么知道是被杀害之后埋起来的呢？”

“我们没找见棺材之类的东西，若是病死的也不会用被子包着埋起来吧？”治兵卫道，“但是，若真像掘墓人说的，尸体已经有十五年了，那案子也无从查起了吧。”

门口响起了说话的声音，一位五十岁左右的男人蹒跚着进来了。他身形矮胖，穿着藏青色的长褂，敞着怀，系着皱巴巴的腰带，一副衣冠不整的样子。花白蓬乱的络腮胡从脸颊一直长到下巴，秃脑门上像涂了一层油似的泛着红彤彤的油光。他喝得烂醉的样子，步履摇摇晃晃，还用充血的双眼向屋里窥探。

“不能进来，”治兵卫摆摆手，“病人状况不乐观，你别进来了，回吧回吧。”

“刚才嘛，町里的官差啊，过来了。”那男人道，“要叫这里的管事过去呢，你好像就是，管事吧？”

七

“就你多嘴，”治兵卫喝道，又向阿登道，“您听见了，我去去就来。”

阿登点点头。

治兵卫和那男人离开后，帮忙的老婆婆说要回家看一眼再回来，从后门走了。没过多久，和治兵卫一起离开的男人独自晃晃悠悠地回来了，一边赔着笑，一边一屁股坐在了玄关处的地板上。

“这可不行啊！平叔。”年轻女子主动走出来道，“刚才管事不是还说您来着，这样会打扰病人休息的，快回去吧。”

“你是养生所的医生吧？”男人向阿登道，“俺叫平吉，和新出大夫很熟了。啊，在这个狸猫大院里，就数我和佐八住的时间最久，佐八都病了，也不让我来看看。那个小松姑娘，明明是个外人，还想撵我回去，说什么会打扰病人休息。”

“您要是没醉我也就不说什么了，”年轻女子道，“平叔一喝多就不明事理，管事先生不也这么说您？”

“烦死了，烦死了。”名叫平吉的男人晃着脑袋打断她，“俺从九岁开始喝酒，将近四十年没断过，没喝酒的时候不敢说，喝了酒可从来没不明事理过，不信去问那红胡子大夫。”

说到这，平吉冷笑了一声。“有次红胡子大夫还说俺来着，那时候俺喝闷酒喝大了，不知道吐了些什么东西，然后倒下了。大夫一脸恨铁不成钢的表情，说俺要是有钱喝酒喝到病倒，不如好好想想娶媳妇的事儿。开什么玩笑，大夫不是俺，所以才能说出这话。俺当时就跟他说，你该钻进俺们这种人的心里看看……如果是有钱有学问的人，会说这样做不行啦，这样做会吃亏啦，那是能够区分对自己有帮助和没有帮助的事情的。但是说到底，这是有钱有闲的人或者有学问的人才玩得起的，咱没有那个本事，是吧？俺们这种人就算从早干到晚，赚的钱也吃不饱饭，一天天想的都是今天怎么吃上饭，今天对付过去了明天怎么办。媳妇娶着了，又要生孩子，租子欠多了要被赶出去，怎么才能想法筹点钱呢？一天一天，几十年来都过着这种日子。唉，别人看来俺整天喝得烂醉，俺心里愁的可都是这些，这可不是闹着玩的，还想娶媳妇生娃，这是不喝酒就能成的吗？”

佐八发出了痛苦的呻吟，像是在说什么。“我有话跟你说。”阿登过去看时，他用沙哑的声音轻声说，“让小松和平叔都回去吧。”

阿登点点头，让二人离开。

小松说家里刚好还有事，立刻回去了。平吉没有起身，他嘟嘟囔囔地抱怨着，最后在玄关躺下睡起来了。

“就让他躺着吧，”佐八道，“一会儿就睡着了，能麻烦您给我一杯水么？”

阿登给躺着的平吉摆好姿势，然后取过病人的茶碗，打算从火盆上的铁壶里倒些热水。但是佐八却说要喝冷水。

“我喝什么都无所谓了吧，”佐八虚弱地笑着，“拜托您了。”

阿登去厨房打了冷水过来。

“您穿上这身制服，我真的很高兴，”佐八抿了一口水，继续道，“这意味着又有几十个穷人能得救了。”

阿登想起来时路上发生的事。你说得对。他在心中赞同道。

“刚才平吉说的，整天喝得烂醉什么的，您别笑话他，穷人大多都是那样想的。”佐八接着道，“每天都过得紧巴巴，勉强才能吃饱饭的人，如果不喝得烂醉是没法活下去的。”

“这我能理解，但不也有像佐八先生这样的人嘛。”

“我吗？”佐八茫然地反问道。他拿起茶碗，躺着又抿了一口水。

“我知道大院里的人都是怎么说我的。”佐八放下茶碗道，“管事的治兵卫先生、新出大夫，还有您，大家说的话我都听到了。没那回事，真的不敢当，大家对我一无所知，所以才那样夸赞我。要是大家知道了真相，知道了我是多么下流的人，怕是连觉都睡不安稳吧。”

“你要说的就是这些吗？”

“是。”佐八点点头，“我从未和人说过，也一直担心会被发现。现在我已是将死之人了，今天，最多明天，就要去了吧。不，您别宽慰我了，可能您觉得我是在胡说，但昨天‘那边’已经有人来接我了。”

阿登沉默不语。佐八语气平和，但是阴森森的，令阿登有种压迫感。

“我想说说我媳妇的事，”佐八平静地说，“她叫小仲，与我相差三岁，我们认识第一年就成婚了。”

“可能听起来像炫耀，但是如果我不讲完整的话，您怕是不能理解我。所以即便听着不舒服，还是请您忍忍吧。”佐八预先说完这些话后，讲起了他的故事。

佐八原先住在下谷的金杉，借住在师父家，师父也是做车轮辐条的工匠。他的双亲早年间去世了，只知道出生奥州①某

---

① 奥州：地名。

地。他十五岁那年成了无家可归的孩子，师父一家把他养大，既是他的父母，也是他的依靠。小仲在邻街一家名叫“越德”的吴服店帮佣，两人相识时，她已经二十一岁了。他们初次说话是在一个初春的早晨，佐八从新吉原正要回家。前一天深夜，他与朋友一起去了京町的妓院，朋友打算在那里留宿，而他担心师父生气，自己先回去了。那时天刚蒙蒙亮，佐八走到大音寺前，突然下起了雨，他连忙掖起下摆，一路小跑。

八

他本以为春雨没什么大不了的，没想到跑入金杉路的时候雨越下越大，最后变成了倾盆大雨。佐八心想管他的呢，反正从包着毛巾的脑袋到脚都湿透了，他索性慢悠悠地走了起来。一位年轻女子叫住他，借了他一把印了字的粗制油纸伞。

“反正我都已经湿透了。”

“但是这样对身体不好。”

这番对话之后，佐八撑着那把伞回家了。那女子就是小仲。

还了伞之后，他仍然对小仲念念不忘。她从雨中跑来，说着“这样对身体不好”递过伞来，佐八那时就被她的眉眼和声音深深吸引了。之后，他几次硬着头皮约小仲出来，在入谷的田边见面。尽管二人还不熟，但小仲从未拒绝过他的邀请。后来的一个休息日，二人在谷中的天王寺见面，佐八向她道明了心意。

“我真开心。”小仲脸色苍白道。

我真开心。虽然是一句简单的话，但是佐八却仿佛看到了牵牛花绽放一般，觉得清新又舒畅。

“虽然很开心，但是我不能答应你。”

小仲仍然脸色苍白，她轻轻摇头。她有七个弟弟妹妹，父亲又生了病，家里需要她的接济。她与东家谈好帮佣十年，还向东家预支了工资，她寄给家里的钱也比别的帮佣多。她与越德店有些渊源，她父亲以前就在越德工作，从店里离开，自己开了吴服店后也是从越德进货。但无论如何，小仲都觉得她身不由己。

“还剩几年？”

“还有一年，但是我为了寄钱回去借了东家的钱，就算到期了也不能离开。”

“只要把借的债还了就行吧。”

“还有人情债呢。”

“没有能束缚人一辈子的人情债，交给我吧。”

小仲仍是摇头。她说，就算从店里出来了，还有生病的父亲和一群弟弟妹妹要养活，如果他俩在一起，自己会成为佐八的负担。“一起努力就好了。”佐八答道，“我既没有父母，也无兄弟姐妹，你的父母就是我的父母，你的弟妹就是我的弟妹，赡养父母、扶养弟弟妹妹是应该的。”

从那之后，佐八就努力赚钱。他每个月与小仲在田边见一次面。小仲家在浅草山谷，她每月空出一天探望父亲，他们就约好在那天见面。佐八陪小仲穿过田间小路，一直把她送到山谷附近。佐八从前是个酒鬼，但是从那之后他便戒了酒，也不去花街柳巷了。那时候新内节①歌谣在友人中十分流行，佐八半年前还经常去剧院学，现在也不去了，他要把所有的精力都用来赚钱。

或许是他的诚意感动了小仲，她终于下定决心，两人约定十年的期限一到就在一起。佐八想见小仲的家人，但小仲坚决不同意，就连佐八想去她家附近都不由分说地拒绝。

“现在真的不行。等我们在一起了之后再说吧。”

她的理由是家境太贫寒，觉得丢人。佐八也没有强求。后来他才知道，这背后有更深层的、无法摆脱的隐情。

一年后，两人结为夫妻。佐八向师父说明了情况，师父来到越德店提亲。越德店主有些不悦，但师父提出还清欠款，道明自己是代替佐八父母来的，他才勉强答应。两人在下谷的山崎町安了家，佐八仍然在师父的店里工作。安乐的日子维持了一年。佐八打心里喜欢小仲，结婚之后，小仲比以前更可爱了，小仲就是他最爱的人。

“后来，发生了丙午年的那场大火。”佐八平静地继续道，“火灾发生在二月末的白天，从下谷一带一直烧到浅草桥。我从金杉的店里赶回来一看，我家附近正燃着熊熊大火，根本无法靠近。”

---

① 新内节：净琉璃的一种流派，起源于鹤贺新内。

说到这里，佐八又啜了一口水。

他像疯了似的到处找小仲。那时金杉的店也被大火波及，他甚至对此一无所知。着火时是白天，小仲年轻又身材娇小，怎么可能会被烧死？他深信小仲一定逃了出去。于是他一处接一处地搜寻逃生者聚集的地方。第二天，得知山谷没有被烧，佐八就找了过去。“小仲没来过。”她的家人冷淡地回答。虽然婚后他们每个月都给小仲娘家送钱，但因为小仲不愿意佐八去，所以佐八这回才是第二次去她家，她家人的态度极为冷漠。

“他们的态度，感觉像是我偷了他们家女儿似的。”佐八说着重重叹了一口气。

金杉的店被烧后，师父和师母搬去了荏原的乡下。佐八借住在朋友家。半个月里，他一直寻访各处烧毁的房子和避难的小屋，终于，他接受了小仲已死的事实，放弃了寻找。佐八一下子泄了气，整天在朋友家躺着。

“那年七月，我搬到了这个狸猫大院。”佐八的眼神像是飘回了遥远的过去，“在朋友的关照下，我在大院的角落里搭了工棚，自己接活儿干，自己去送货，在便宜的小饭馆里吃饭，勉勉强强能过上不愁吃穿的日子。”

虽然也总有人劝他娶个媳妇，但他都回绝了，一直独自生活。两年后，也就是佐八二十八岁那年的夏天，他在浅草寺中偶遇了小仲。那天是四万六千日①，来寺院参拜的人非常多，在佛堂拥挤的人群中，两人面对面相遇了。他们认出了彼此，呆

① 浅草寺举行庙会的日子。意为四万六千天的功德。

愣在原地。

小仲背着一个婴儿。她胖了些，发型也不一样了。虽然容貌改变了，佐八还是一眼认出了她，小仲也一眼就认出了佐八。

“好久不见。”佐八说。

“好久不见。”小仲应道。

两人被混乱的人群裹挟着走向了深山。

九

绕着寺内走了一圈后，两人从侧门出去，佐八寻了家卖荞麦面的店，与小仲一同进去，上了二楼。二楼没有其他客人，小仲抱下婴儿给他喂奶。

“这是你的孩子吧？”

“是，他叫太吉。”

“刚出生不久吧？”

“九个月了。”

佐八心痛如刀绞。

“就像一把凿子戳进胸口，使劲剜着我心尖的肉。”佐八轻轻皱起眉，“我不恨她，也不懊悔，只是觉得悲伤……说来也怪，自己的媳妇和别人生了孩子，还在我面前给那孩子喂奶，就算把她千刀万剐、揍个半死也不过分吧？但我只是觉得悲伤，十分悲伤。如果可以的话，真想抱紧她一起痛哭。”

阿登从怀里掏出纸巾，轻轻地擦去佐八额头上的汗。

那天，两人就此分别。佐八没有追问，小仲也没有解释。荞麦面端上来了，两人谁也没有动筷。最后，他们起身离开座位，佐八帮小仲背上婴儿。

“过得还幸福吧?”佐八问道。

“嗯。”小仲含糊道。

“我们再也见不到了吧?”

小仲摇着背上的孩子，没有回答。出了荞麦面店，两人就道别了，佐八目送她走远。小仲走到拐角处回过身来，向佐八行了一礼。

“那之后五六天，我都无心干活，开了禁酒的戒，整日喝醉了就睡，睡醒了接着喝。”佐八轻轻地摇头道，“我感觉自己半个身子都跟着小仲去了，跟着她一起受苦。就算这样，我也没有半点怨恨与不甘。一想起那天分别时她的背影、她转身行礼时的样子，我就无比悲伤，痛苦得喘不过气来。”

后来某一天的黄昏，小仲来了狸猫大院。

那时佐八喝得烂醉如泥，正躺在家里。小仲没带婴儿一起来，她进门时顺手关了窗户，然后悄悄坐在佐八身边。佐八立刻感觉到身边的人是小仲。听到来人关窗的声音时，他便知道是小仲了，并且毫不意外，反倒是被自己平静的反应吓了一跳。

“我向车坂的利助打听了你的住处。”小仲悄声道。

“啊，利助从前没少关照我。”

“这些我都听他说了。我对不起你，原谅我吧。”

佐八用尽全身的力气克制自己的哽咽。他默默起身，拿过烛灯。天色已晚，窗也关着，屋里昏暗得如同深夜一般。

“请不要点灯。”小仲说着啜泣起来，“你不能原谅我吗？”

“我不知道。”佐八叹息道，“我不知道，但你还活着，我就已经很开心了。”

“你愿意听我解释吗？”

“你不难过的话，就说吧。”

小仲沉默了，似乎是为了平息自己的哽咽。片刻后，她轻轻擦了鼻涕，情感得到了缓和，语调也恢复了平静。

她原先就有约定结婚的对象。他是山谷那边父亲朋友家的儿子，逃家出来后与他们同住在一个町，靠做木匠活为生。他和小仲同岁，在十六七岁时就说“我很快就会成为你们家的一分子”，并且把赚来的钱都给了小仲一家。二十岁时他明说要娶小仲为妻，小仲的父母高兴地答应了。

“在你向我表明心意前不久，我才知道这件事。”

她那时有些犹豫不决。她不讨厌那男人，而且他对自己家有恩。但是想到要成为他的妻子，就感觉那是别人的事，一点也不真实。这时，她遇到了佐八，被他深深吸引。她觉得需要把话说明，拒绝这档婚事，但靠她自己也无力改变什么。她沉迷在与佐八的恋爱中，心已经跟着佐八走了。

“我也没有办法。”小仲说着啜泣起来，她压抑着哭声，哽咽了许久。

她最后还是下定决心和佐八在一起。恩情归恩情，之后总有办法还清的。她横下心，和越德的东家打过招呼，也同山谷的父母说明了情况。她甚至惊讶于那时的勇气，一滴眼泪都没流，坚强地跨过了这个难关。佐八的师父来越德时，东家感到不悦，佐八拜访山谷的岳父母时，他们态度冷漠，都是因为这件事。然后，他们成婚了。那一年的生活幸福又美满，小仲甚至愿意用一辈子去换。

“和你一起生活的那一年，我无比庆幸自己出生在这世上。我独自一人时经常会想，我凭什么这么幸福呢，这样下去会遭到天谴的。”

发生火灾的时候，小仲脑海里闪过了“天谴来了”的念头。这想法太傻了，小仲逃离火灾时在心里否定这个念头，但越否定，这个念头越强烈。

“我这一年的幸福已经抵过一辈子了，这场火灾就是警告。这场火灾就是为了警告我，要开始另一种生活了。”她清晰地听到这些话在脑海中响起，像是有人在她耳边低语一般。佐八一定会以为我被烧死了，这就是契机，这就是开始另一种生活的契机。她这样想着，不知不觉来到了山谷的家门口。

“从那以后，我就已经不是我了，而是作为另一个人活在这世上。”

真正的我在佐八身边，而现在的我是另一个人。小仲心想。现实中，她变成了没有意志的人，听从父母的安排与那男人结为夫妻，在本所安了家。

十

两年后，孩子太吉出生了。就在小仲以为自己和那个男人的生活步入正轨的时候，她在浅草寺遇到了佐八。

小仲说她突然感到梦醒了。这么久以来，她仿佛一直活在梦中，见到佐八的瞬间就像忽然从睡梦中醒来一般，也像被神隐去①的人突然回了家。小仲觉得那场火灾后发生的一切都并非现实。

“我现在还有那种感觉。此时同你说话的我是真正的我，但是还有另一个我已经有了丈夫和孩子，连我自己都不敢相信。”

小仲说着，因痛苦而蜷曲着身体。

“所以，我回到你身边了。你能理解我吧，我的夫君，我回来了。”

“你是认真的吗？”

“抱抱我吧。”

“你不会再想回到那边去了吧？”

“求你了，抱抱我。”

佐八轻轻抱住小仲。小仲单手在怀里摆正了某物的位置，然后双手搭在佐八身上，用力抱紧了他，只听短促的“嘶”的一声，小仲发出了悲鸣。

“别放开我。”小仲仍紧紧抱着佐八，“求你别放开我。”

---

① 即“神隐”，在古时的日本，人突然失踪被认为是神明的恶作剧。

说完，小仲便咽了气。

“她的左胸下方，插着一把匕首。”佐八道，“叫大夫也没用，那一下当即要了她的命……现在您明白了吧。她叫我别放开她，我也没想要放开。我取出那把匕首，也想自我了断，但我仿佛听到小仲说你可不能死啊。于是我就放弃了自杀。然后，就那样……”

佐八咳了起来。他的力气消耗殆尽，身体蜷缩着，两手抓着枕头，痛苦地咳嗽着，仿佛下一秒就要断气。阿登凑过去，抚摸他瘦骨嶙峋的后背，等到他平静下来后，轻轻地喂他喝了一口水。“没错，”佐八顿了顿，用沙哑虚弱的声音道，“昨天从屋后挖出来的，就是小仲。土崩前，那里是我的工棚，我把小仲埋在工棚下面，和她一起生活到现在。”

他把对邻里的善举当作给小仲的供奉，并不图别人的感谢和夸赞。他不知道小仲的丈夫和孩子之后过得如何，但他觉得小仲的死无异于是自己害的，让他们痛苦是自己的过错。总有一天这事会真相大白，他想在那之前为小仲祈福，为自己赎罪，于是尽可能地帮助别人。

“我说‘那边’有人来接我了，就是这个意思。”佐八道，“昨天，听到后面的骚动时我就想，到时候了，小仲来接我了，这样一来我们又能在一起了，总算可以享受安乐了。”

睡在门口的平吉突然哼唧起来，高声唤道：“给俺端水来。”

“管事那个冷血老头、小梅那个小气鬼老婆子……”他叫道，“佐八那个笨蛋、红胡子那个瘪三，你们这些人全都是大傻瓜。嗝，世上为什么要有贫贱的人啊，整日为明天发愁，除了喝得烂醉之外，还……喂，聋了吗？叫你端水来！”

“保本大夫，”佐八道，“求您转告管事，那副骸骨是小仲，是我埋葬的——这样可以省下不必要的麻烦啊。”

事不过三

一

梅雨季过去半个月后，疯女由美试图自杀。如前所述，她与一位名叫小杉的年轻女用人住在离病号楼稍远的房子里。那栋房子是她父母出钱新建的，窗户上装着粗条的栅栏，唯一的出入口也上了锁，整栋建筑如同一座监牢。用人小杉每次出入都会锁门。一天，趁小杉去厨房准备晚饭的工夫，由美在窗户的栅栏上拴了一条长腰带，试图自缢。

事发时保本登不在养生所。他与平时一样，陪同新出去定外出巡诊。他那时在神田佐久间町名叫藤吉的木匠家，给一个名叫猪之的男人看病。猪之是藤吉的义弟，也是一名木匠，二十五岁。起初来养生所找大夫的是他大哥藤吉。

“别的大夫都说他得了疯病，我不相信。猪之和我都是工头从小培养起来的，我们一直在一起。从工头家搬出来后，直到我娶媳妇，我们共同住在租屋里。我们相处十多年了，他的性格和毛病我都清楚。”

藤吉激动地央求道：“所以我不信他疯了。他一定是得了什么病，肯定有法子治。您一定要来给他看看啊。”去定答应了，但他手头还有不少急需治疗的病患，于是和藤吉约好两三天后再去。虽然说好了两三天，但一转眼便过了七天。这日去定到吴服桥附近的近江屋出外诊，近江屋是一处退隐富商的居所。回程途中，他们绕去了佐久间町。

猪之身形矮小，相貌端正，看上去就是个手艺精湛的工匠。或许是身体欠佳，他双眼无神，目光迟缓，嘴唇也半张着。去定为他看病时，他甚至都没有意识到自己正在接受诊察。不论问什么他都含糊其词，或者傻兮兮地笑。问诊结束后，他便立刻躺倒，用懒洋洋的声音支使藤吉的妻子给他倒茶。

“嫂子——”他拖长了声音道，“麻烦你啊，给我倒杯茶吧。”

藤吉出门干活还没回来，只有他的妻子千代在忙里忙外。千代听猪之这么一说，便好脾气地起身为三人添满了茶。猪之枕着胳膊，目光呆滞地看着千代的动作，又突然向去定使了个眼色，皱起眉咕哝道：“切，女人啊……是吧？”

他露出了轻蔑又厌恶的表情。去定没有应声，不着痕迹地在猪之和千代之间来回打量。他们从藤吉家出来已是黄昏了，街上光线昏暗，汤岛①的房子高大气派，在夕阳的笼罩下投出一片片暗紫色的阴影。

“保本，你怎么看？”两人沿着神田川，向着圣坂走去。去

---

① 汤岛：地名。现属东京都文京区。

定目视前方问道。

提着药箱走在阿登身后的竹造应了一声，还以为被问到的是自己。阿登向他摆摆手，然后回答了去定的问题。

“我认为是忧郁症。”

“投机取巧，”去定道，“持续高烧便是疟疾，咳嗽便是肺痨，身体器官正常，精神状态浑浑噩噩便是忧郁症……你从今天开始就能在街上开业做大夫了。”

阿登没有反驳，转而问道：“那么，您是如何诊断的呢？”

“忧郁症。”去定平静道。

阿登没了话。

“明天你一个人去看看，”去定上了坡后说道，“他与藤吉之间发生过的事，他本人那副样子也问不出什么，只能去问藤吉了。”

“具体要问些什么呢？”

“有什么问什么。”去定道，“详细询问的过程中肯定会觉得某件事就是病因，再围绕这件事刨根问底。”

阿登想问，有必要这么费心吗？他逐渐习惯了养生所的生活，也大致明白了医务工作的轻重缓急。现在，养生所的外诊病人比原先多了许多，去定手上还有好些急着看病的患者。与他们相比，猪之这样的根本算不上病人，阿登不认为需要在他身上花这么多功夫。

不管他不行吗？

阿登想这么说，但是他又想到去定不可能算不过这个账来，既然这样吩咐了，肯定有他的道理。于是阿登便什么都没说。

二人回到养生所，刚好是晚饭时间。阿登洗了脸换好衣服，叫森半太夫一道去食堂。半太夫的房间里没人应声，他去食堂一看，半太夫已经坐在那吃着了。

阿登等饭菜端上来的工夫里，半太夫提起了由美的事，但马上又像想到了什么，笨拙且慌张地试图岔开话题。他大概是顾忌由美和阿登的事吧。虽然对阿登而言，那件事的确在心中留下了深深的阴影，但别人如此顾虑自己的感受，令他觉得更加沉重。

“然后呢？”阿登主动问道，“你们没救回来吗？”

“不，救回来了，险些就没命了。”半太夫答道，“她的脖子被腰带勒出了很深的痕迹，声音十分嘶哑，脸也勒肿了。我无法理解的是，她自缢的时候没发疯病，清醒得很。”

阿登停下筷子，看着半太夫。

“我想过会儿请新出大夫过来看看。”半太夫无力道，“根据我检查的结果，她清醒的时间越来越长，也渐渐明白自己得了疯病，被监禁着。我推测她是因此感到绝望，才想要自杀的。”

阿登沉默了一会儿道：“她不是脑袋出了问题才疯的，而是生来就是那种体质。”

然后，阿登又轻笑着补充道：“今天我这儿也来了位奇怪的病人，要是那姑娘死了，这个男人说不定能接替她住在那栋房子里呢。而且，我还被吩咐明天开始要去给那个男人看病。”

二

第二天，阿登不等天亮就离开了养生所。

跟着去定出外诊的次数多了，阿登走路也快了许多。他走到佐久间町时，藤吉还在家吃早饭。阿登让千代叫藤吉到门口来，向他道明了去定吩咐的事。

“猪之还在睡觉，”藤吉说着挠挠头，“要细说的话，在家不太合适。”

“去你干活的地方说也行。”

“我的活有人帮我干，”藤吉有点过意不去地说，“我跟工头说一声儿，他会帮我干的。但还是请您随我去堀江一趟吧。”

“还不至于请假吧。”

“如果要说明，我还是想好好地说，而且这会儿就算我不在，工地那边也忙得过来。我收拾一下碗筷就来。”

阿登出了门。

藤吉家在佐久间四丁目，背靠神田川。房子是两层楼的小型建筑，装有格子门，周围也有很多类似的小草房。这些小房子构成了一幅悠闲宁静的下町①画卷。藤吉出来了，他只穿了便装，和服外衣上系着衣襟，脚上是一双麻布里子的草鞋。看样子他没打算去干活。他一边说着“抱歉，让您久等了”一边迈开步子，突然想到了什么似的停住，向阿登道：“我有样东西想

① 下町：都市的工商业地区中地势低洼、商业繁荣的地段。

请您看一下。”说着便从自家侧面绕去了屋后。屋后也有一排房子，面向神田川排列着，与这边的房子相隔宽约九尺的空地。两边人家的后门相对而开，空地处有水井，手工做的架子上装饰着盆栽，四周围着竹篱笆，里面种着一些树木花草。

“您看这个。”

藤吉站在自家后门，指着一排陶盆。陶盆共有七个，都是素烧的便宜货，每个盆里种着小树苗。阿登无法分辨那些都是什么植物的幼苗。

“这些都是猪之种的。”藤吉一边环顾后门处是否有人，一边说道，“您仔细看看，这些苗都是倒着种的。”

“什么叫倒着种的？”

“他把枝叶埋进了土里，根露在了外面。”

阿登“哦”了一声，果真如此。仔细看去，盆里露在土外的都是根。正因如此，阿登才没看出那些是什么树的幼苗。

“他为什么要这样种呢？”

“这个我过会儿再跟您解释，”藤吉说着又迈开了步子，“走吧。”

两人过了新桥，走向日本桥，藤吉讲起了猪之的故事。

猪之比藤吉小两岁，十二岁那年，他到日本桥堀江一家叫“大政”的木工店当了徒弟。藤吉三年前起就在大政家做学徒了，他是当时年纪最小也是最晚进来的学徒，自然就比别人更亲近猪之。

“猪之很聪明，动作麻利，干活认真，说话可靠。没过半年就成了大政家的红人。大家张口猪之，闭口猪之，都喜欢他。”

猪之不仅被大政家的人交口称赞，也受到街坊四邻的夸奖，在女孩子中尤其受欢迎。大政有两个女儿，姐姐叫小静，妹妹叫纱代。那时姐姐十岁，妹妹七岁，不仅是这姐妹俩，她们的玩伴也都喜欢猪之。

“我长大了要做猪之哥的妻子。”

“胡说，猪之哥怎么可能娶你这样的呢？猪之哥要娶的人是我。”

四五个小女孩凑在一起玩的时候，总是为此争执不下。要是她们当着猪之的面这么闹，猪之就会气得面红耳赤。

“切，女人，我才不娶媳妇呢，女人都没用啊。”

他这样说了几次，疏远了那些女孩。丢沙包、弹玻璃球、踢毽子，猪之样样都玩得好，再加上性格直爽，样貌周正，女孩子当然都喜欢他，但是他本人却没有特别中意的对象，对小静和纱代也是一样。要是有哪个女孩特别亲近他，他就会无情地拒绝。

“二十岁前，他一直那样，”藤吉道，“我要说的话可能没什么意思，但因为和之后的事情有关，烦劳您听我说完吧。”

阿登沉默地点点头。

“工匠一般都是这样，到了年纪就跟邻家姑娘好上了，或者弟兄几个约着去花街柳巷玩。”藤吉继续道，“说实话，我也一样。但猪之却不是。町里好多姑娘向他暗送秋波，他也不理人家。我跟他像亲兄弟一样，但就连我叫他去玩，他也从来不去。

几个学徒都说他那方面有问题。”

藤吉二十三岁、猪之二十一岁的时候，两人从大政搬了出去，自立门户。因为大政家给小静招了入赘的女婿，夫妻二人生了孩子，又新来了三个学徒，还雇了用人来照看孩子，家里早晚吵闹得很。

“我们住在田所町后头的租屋，离大政近，早晚饭都在工头家吃，也有人帮我们洗衣服。我们只要付租子就行。将近一年，我俩日子过得挺滋润，但猪之还是离女人远远的。”两个人住在一起，藤吉出去玩，猪之独自留在家里。猪之嗜酒，也很能喝，那酒是喝醉了就“精神百倍”的好酒，但就算他喝醉了，问他要不要出去玩，他也还是果断地摇头。

“大哥自己去吧，我不去。”

每次他都这么说。然而猪之二十二岁那年的二月，他却鼓起勇气向藤吉说道：“我有了想娶的姑娘，大哥帮我提亲吧。”他说“求你了”，然后鞠了一躬。

“到工头家了，”藤吉打住话头停了下来，“请您稍等一会儿，我去打个招呼就来。”

三

这栋房子正面宽五间，一共两层，十分气派。两扇敞开的拉门上写着“大政”二字。藤吉进去后很快就出来了，二人沿着护城河向南走去。

“那边有家我常去的沿河客栈，我们去那儿边喝边聊吧。”

“这个时间喝酒?”

“望着河水喝晨酒，”藤吉说着苦笑道，“有些迂腐了吧。”

客栈在护城河畔，位于小舟町三丁目。看起来狭小破旧，但是二楼有两个房间，拉开中间六帖大小的纸门，护城河对岸牧野河内的大片建筑和宅院里茂密的树林便映入眼帘。

“总之先摆个样子吧。”藤吉说着点了酒。

“猪之想要娶的姑娘，是同在田所町的一家居酒屋的女儿。”藤吉继续讲道，“那姑娘十七岁，名叫小孝，脸和身材都胖得圆滚滚的，脾气粗暴得吓人。”

藤吉对猪之道：“你可别逗我了。娶谁不好，偏偏要娶那种女人，你是傻了吗?”猪之怒道：“没开玩笑，我是认真的。在大哥看来她可能是‘那种女人’，但我就是想娶她做媳妇，求你了，帮我说下这门亲吧。”他说这话的时候十分正经，连眼神都和平时不一样。

“你当真是认真的吧?”

藤吉反复确认后才去提亲。那姑娘的父亲姓大吉，一开始他也当这是玩笑。小孝自己也说“少拿我取乐”，但是她母亲小乐却信了藤吉的话，帮忙劝说丈夫和女儿。终于，大吉家同意了这门亲事，但是他们只有小孝一个孩子，不能把她嫁到外面，所以要求女婿入赘。

说亲光说到这一步就用了五天。听说要入赘，非卿不娶的猪之也有些犹豫，但很快他便露出一副决绝的表情，坚定道：“入赘也行。”

“你好好想想，猪之，你的事业才刚起步，要想成为出色的工匠，以后还要不断磨炼手艺呢。这节骨眼上你要是背上了照顾亲家二老的担子，一辈子别想出人头地了。”

“就凭我？切。”

猪之说着耸耸肩。最终，藤吉还是为他谈妥了这门亲事。

“什么时候办喜酒？”谈妥了婚事后，藤吉问道。猪之回答说：“不着急，亲事都定下了，其他的不用急。”藤吉道：“但是，对方有自己的打算，我也应当给你们定下个大概的日子，你说哪天？”“倒也是，”猪之苦思冥想，“倒也是啊，那就定在秋天吧。秋天吧，我自己也有自己的打算。”猪之如此说道。

“猪之反复叮嘱我，这会儿先别跟大家说，”藤吉说着抿了一口冷掉的茶，“半个月后……”

沿河客栈的老板娘端上酒来。两个食案里分别装了盛着热酒的德利酒壶和三样下酒小菜。“我们自己来，不用你招呼。”藤吉说完，老板娘便离开了。

“喝一杯吧？”藤吉说。

“我不能喝。”阿登答道。

“那我先喝了。”藤吉自己斟上酒，一边小口喝了起来，一边继续讲。

半个月后的一天，猪之请藤吉帮他退了这门亲事。这话好似晴天霹雳，藤吉目不转睛地看着猪之，好半天没说出一句话。

“虽然对不起大哥，但是那姑娘不行，真不行。”

“你等等，”藤吉打断他的话，“到底怎么回事？哪儿不行了？那姑娘怎么不行了？”

“我昨晚去那家店喝酒了。”

“这还用你告诉我吗？我昨晚跟你一起去的。”

“你比我早走了一会儿，”猪之道，“你走后没多久我也走了，这时候小孝那女人从后面追上来，把我叫住了。我问她怎么了，她靠过来握住了我的手，我又问了一遍怎么了，小孝莫名其妙地叹了口气，然后用力攥着我的手，让我一辈子都不能抛弃她。”

猪之用右手手掌摩擦着和服下摆，好像手掌上沾了什么东西似的，擦了两三下，然后皱起眉。

“这就不行了？”

“我当时都快吐了。大哥不知道，那手心沾着油和汗，又热又肥，被这样一双手握着，说什么一辈子都不能抛弃她，声音还那么做作。我那时感觉就像有人没打招呼就冷不丁抽了我的脊梁骨似的，心里难受得不行，然后就逃回来了。”

“以后都要结为夫妇了，说让你一辈子不能抛弃她这种话不是理所应当的吗？”

“大哥听过那种话吗？”

“那姑娘说的话，挺正常的。”

“你被说一次试试，就一次，你肯定就能明白那种感觉了，就像是被人扔进了泥坑里似的。”

“你真会打比方。什么快吐了，什么冷不丁被人抽了脊梁骨，还说什么被人扔进泥坑里。喂，脊梁骨这种东西是跟你打声招呼就能抽走的吗?”

“所以说，”猪之道，“在脊梁骨被抽走之前快帮我把这门亲事退了吧。”

“我对猪之说，随他便吧，”藤吉对阿登道，“我为了说下这桩亲事已经费尽心思了，要退亲的话他自己去说，我可不干。”

猪之好像自己去退了亲。那边人家也没来说什么，藤吉想这亲事已经退掉了，之后也不好再去那家居酒屋了，没办法，他们便把喝酒的地方从六丁目换到了住吉町的河边。

“可能是这件事成了契机，打那之后他就开始到处招惹女人。”藤吉用手示意后，拿过了阿登食案上的酒壶，“不过，他还是老样子，从不理睬主动接近他的女人。我之前也说过，那家伙打小就招姑娘喜欢，也不知道为什么，他绝不碰那些喜欢他的姑娘，总是冷漠地拒绝人家，然后扭头就向那些对他爱答不理的姑娘献殷勤。”

四

那年冬天，猪之又说有了想娶的姑娘，拜托藤吉帮他提亲。那时，刚好藤吉也开始了一段姻缘，对方也是大政出身的木匠的女儿。大政的工头找到藤吉，说如果他有此意，自己愿意做媒人。那姑娘就是藤吉现在的媳妇千代。藤吉答应下来，与她见了一面后发现她简直像个小孩子。虽然已是十六七岁的年纪，但是她五官小巧，似乎尚没有姑娘家的心思，藤吉有些不忍心娶她为妻。

“暂且容我想想吧。”

他这样回答了工头。就在这段时间里，猪之向他说起了自己的亲事。

这次的姑娘也是居酒屋的女人。居酒屋的店名叫“梅本”，位于住吉町，是家稍有档次的店。那个姑娘叫小叶，看样子二十岁左右。她来店里工作还不足五十天，但因为酒量好又会待客，所以非常招人喜欢。

“算了吧，那姑娘不行。”藤吉摇摇头，“我说的也不一定对，但那女人一看就不是良家女，她肯定多少沾染过一些男人，而且她那么能喝，你根本养不起啊，还是断了这念头吧。”藤吉强烈地反对。

“大哥，我可是认真的。”

猪之坐正了身子，说道：“她喝酒只是陪客人喝，而且成了家后要顾及家计，就不会再喝了。你看人家四日市的重平家媳妇。”重平也是大政出师的木匠，住在四日市町。他媳妇津奈从前在饭馆干活，那时候她嗜酒成性，但是自从和重平结婚之后就变得滴酒不沾，也懂得经营家计，相识的朋友都夸她。

“你还说她多少沾染过一些男人。大哥平时没少去花街柳巷玩，却不知这世道的变化。”

“我有什么不知道的?”

“女人啊，从前就不说了，现在有哪个女人出嫁时还未经人事啊? 一千人，啊不，五千人里也未必有一个。”

“你怎么知道的?”藤吉忽然正颜厉色地反问，“我最近也有成家的打算，对方是蛎壳町的姑娘，名叫千代，这事你知道的吧。照你的说法，千代也碰过男人?”

“别瞎说，”猪之涨红了脸道，“你别会错了意，我可没指名道姓地说谁。”猪之说着别过头：“我只是在说这世道上的一般情况。”

“那就别说得像真的似的。”

“这话大哥也说过呢。”

“学话都学不像。”

藤吉还是去梅本说亲了。或许是因为那时他自己有成家的打算，而且猪之看起来十分认真。小叶同意了这门婚事。她说自己年方十八，实际上二十岁了，家里有个妹妹在别处做用人，没有需要照顾的家人。

“我将来肯定是个好媳妇。”

小叶说着，故作温顺地垂下眼。藤吉向梅本的掌柜夫妇提了亲，定下了这桩婚事。他把这事告诉猪之，猪之苦着脸勉强挤出笑容道：“太感谢了。”

“喂，怎么回事? 婚事谈妥了，你不高兴吗?”藤吉问道。

“我不是都谢过你了嘛，太感谢了，真的。”

“行吧。”

藤吉观察着猪之的表情，没来由地脊背发凉。

“过完年办酒席，当时先这样说定了。”藤吉道，“正月的门松①一撤，我就要去水户干活了。有个人称‘水户相模屋’的水产商人要盖个隐居所，需要木匠、泥瓦匠，还有做门窗的，一共二十多人呢。那时我已经收拾妥当，再有三天就要从江户出发了，猪之突然让我带他一起去。”

那时去干活的人选已经敲定了，工头不同意他去。藤吉觉得猪之不对劲，就问他怎么了。猪之一开始支支吾吾不肯说，后来终于鼓起勇气，一脸严肃地道出了实情。

“我有了想娶的姑娘，麻烦大哥替我去提亲吧。”

藤吉屏住气，问道：“这事儿不是已经谈妥了吗？”

“没有啊，这事儿我第一次跟你说啊。”

“不是梅本的小叶吗？”

“当然不是她了。”

藤吉用了好长时间才抑住怒火。

“那梅本的小叶怎么办？”

“退掉就好了，那种女人。”猪之撇撇嘴，“现在想来，真不知道当初我为什么会对那种女人着迷。说实话，连我自己都觉得自己可笑。”

“喂，猪之，你给我听好了……”

“我知道，我知道大哥会生气的。”猪之着急地说，“要是换作别人，我也不会拜托这些事情，只有对大哥，我才明知你会

---

① 门松：日本传统的新年装饰品，由松与竹制作而成。

生气还拜托你的。事不过三，这次的亲事肯定能成。”

藤吉盯着猪之的眼睛。

“你有了想娶的姑娘，干什么还要去水户?”

“这个吧……梅本那边得先缓缓。”

“缓什么?”

猪之挠挠头，说道:“先缓缓那边的怒火。”

“我气得不行，狠狠骂了他一顿。”藤吉注意到酒喝完了，朝阿登晃了晃酒瓶子，“我想再喝点儿，您不介意吧?”

“请便。”阿登点点头。

藤吉拍拍手，楼下便有了回应。老板娘可能估摸好了酒喝完的时间，没过多久就端上来两壶烫好的酒。

“但是归根结底，还是谁发火谁认输。”藤吉说着抿了一口杯里的酒，继续道，“我骂了他一顿，最后还是中了他的下怀，说来丢人，我又去替他说亲了。”

这回是一家叫近江屋的筒裤批发店里的姑娘，名叫小松，十八岁。

五

近江屋在浅草门外的福井町。因为要装修客厅，所以去年初冬从大政请工匠过来干了一个月。猪之在那时受了小松许多关照，也渐渐喜欢上了她，却没想过要娶她过门。但是，在与梅本的小叶定下亲事后，他又忽然想起了小松，然后下定了决心：要娶媳妇就得娶小松。

“好在小松也喜欢猪之，两个人好像已经说好了。但是这次我留了个心眼儿，”藤吉道，“我说等水户那边完工，我回来之后再说，这事先不要声张。猪之也同意了。”

藤吉去了水户建造相模屋，他的工作内容与此事无关，暂且不提。只是相模屋主人性格极其执着讲究，不仅原先定好的施工图改了又改，而且整日待在工地发牢骚，干好的活又要求重新干。藤吉只得一面费尽心思安抚愤愤不平的工匠，一面劝说雇主。这么一来，活总也干不完，再加上那年雨水多，用了将近四十天才把楼盖起来。转眼到了三月，从江户来了门窗隔扇铺子的工匠，没过多久，猪之突然来了。

“工头让我过来的。”猪之道。那时木匠活已经完成得差不多了，一半的木匠正准备回江户。藤吉觉得其中有蹊跷，便追问工头为什么让他来。

“其实是我求他让我来的。”猪之难为情道，“大哥不在身边，我感觉自己像个鳏夫。”

“喂，你给我说实话，是不是发生了什么事在江户待不下去了？”

“大哥也有疑心病啊。”

“快说，为什么？因为梅本吗？”

“别说笑了，我早就和那边断干净了。”

“那是为什么？”

在藤吉不懈的逼问下，猪之终于瞒不住了。猪之用老实的眼神看着他说道：“那我说实话，大哥不会生气吧?”

“不知道，”藤吉答道，“生不生气，听了才知道，你说吧。”

“真是难为我了。”猪之用藤吉能够听到的声音咕哝着，就像要上刑场似的。

藤吉没说话。猪之表现得相当为难，结结巴巴地道出了实情。简而言之，他厌倦了近江屋的小松，想让大哥去退亲。藤吉闭上眼睛沉默了好一会儿，等待怒火平息。

藤吉压着怒气说道：“你自己说的，事不过三。你不是说这次的亲事肯定能成吗?”

“别生气嘛，听我解释。”猪之摆摆手，打断了藤吉的话，“我的确是那么想来着，但是吧，前段时间小松有空，我们便约好一起去浅草寺参拜，回来的时候去驹形的鳗鱼店吃饭。我们一边喝酒一边聊天，等着上菜。我给小松也倒了酒，开始她不愿喝，但是三杯之后，她就面色潮红，姿态和眼神都变得妩媚起来。这倒也没什么。但是最后小松一边倒酒，一边把身子靠过来，说‘你可不能对我三心二意哦’‘我是你的人，你是我的人’之类的话。我听了浑身发毛。”

藤古道：“我就知道，你又觉得像是冷不丁被人抽了脊梁骨吧?”

“大哥不觉得吗?”

“都快成夫妻了，那种话说说也没什么啊。”

“你是我的人……呕。”

猪之当真缩起肩膀，浑身发抖。那样子就像讨厌毛毛虫的人被毛毛虫钻进了衣领，起了一身鸡皮疙瘩似的。

“真没办法，我也不忍心赶他回去，就让他留在水户了。”藤吉道，“但是，我也反复跟他强调，不要再喜欢上什么女人了，我永远不会再去替他说亲了。”

猪之听完松了一口气。他立刻承诺绝不会再给藤吉添麻烦，并且见缝插针地将近江屋的事情拜托给了他。

藤吉答应了。因为他早就料到会这样，一直拖着没正式向那家提亲，要退亲也不难。

相模屋的工期一拖再拖，大政的工头特意从江户过来看了两次，终于赶在梅雨季前完工了。在这期间，猪之又找好了结婚的人选。他没主动说，但是他来水户半个月后，言行举止变得有些可疑。工匠们都住在工地上临时搭建起来的小屋里，藤吉因为代理了工头的职位，相模屋在附近给他找了一栋房子住，还供他餐饭。

“我让猪之也住进我那儿了，毕竟我不在他身边，他就觉得自己像个鳏夫。”藤吉似乎有了些醉意。“那家伙净胡闹。”他说着笑了起来，“相模屋提供的晚饭里有酒，但是猪之滴酒不沾，一开始他说不想喝，我也就信了。”

渐渐地，藤吉开始觉得不对劲。

那次，他们洗完澡去吃饭。猪之愣愣地坐着，不碰酒杯，一直盯着饭桌上方。“怎么了？不喝酒？”藤吉问道。“嗯。”猪之含糊应着，仍是盯着饭桌上方看。

“怎么了？不喝酒?”

“嗯，不想喝。”

“肚子不舒服吗?”

“没不舒服，别管我了，大哥自己喝吧，别管我了。”

连续四五天，他都是这样。直到有一天，他们重复着同样的对话时，藤吉忽然感到脊背发凉。“跟那个时候一样。”藤吉心想。那天起，他便尽量不去理会猪之。

六

然而，终于有一天，藤吉忍不住了。猪之巧妙地引起了藤吉的注意，并一点一点地攻陷了他。就像白蚁啃食柱子的木芯一样，猪之也啃食到了藤吉的心。

“唉……”猪之叹了口气，盯着饭桌上方，悄声自言自语，但是那声量又刚好能让藤吉听到，“不行啊，我不能这样，我们已经说好了，男人得说话算话啊。”

猪之再次重重叹了口气，望着饭菜上方发呆。藤吉知道自己总有一天会中他的计。藤吉终于开口问道：“哪家的姑娘?”

猪之佯装不知，“欸”了一声，奇怪地看着藤吉。

“别装傻，又看上女人了吧。”

猪之垂下头。

“那家伙狡猾得很，我又不机灵，这么一看就是我主动问的。我不是说他坏话，他那样真缺德。”

猪之吞吞吐吐地说了。对方是洗濯町一家小饭店的姑娘，二十岁，名叫小清。藤吉也常去那家店，同样与小清相熟。那家店叫“稻叶”，是家传统的小饭店，但洗濯町类似江户的冈场所①，所以藤吉觉得没必要太认真。“你自己去试试吧。”藤吉道。

猪之“嗯”了一声，哭丧着脸叹了口气。

“怎么了？自己处理不了吗？”“嗯，我不行啊，一见到她我就说不出口，连她的名字都不敢叫。”

藤吉道：“先说好，这次别想靠我，我可受够了。”

“知道了，没事儿，你不用担心我。”

说完猪之小声嘟囔着事不过三什么的。藤吉追问什么是事不过三。“没什么。”猪之低声回答。他说，虽然到现在喜欢过好几个女人，但其中特别喜欢、真心想娶回家的是第三回的女人，而且这次肯定是真的。

“喂，你好好想想，什么第三个，这已经是第四次了。”

“不是那么回事儿，你看，小叶、小松是两个吧。”

“最开始的小孝呢？”

“小孝啊，唉……”猪之耸耸肩道，“那可不能算数。”

“但是小松那会儿，你自己不是说那次是事不过三吗？”

“你是气糊涂了吧，这次才是真正的事不过三。真的。”猪之强调道。

---

① 冈场所：私娼聚集的花街。

“我就尽量不理他，”藤吉一口饮尽杯里的酒，“但是，到最后我还是输了。比耐心我可比不了。我还是去稻叶提亲了。”

那是交工前两三天，小清说她知道了，想和猪之两个人谈谈。

小清也喜欢猪之，说愿意和猪之哥那样的人一起吃苦，还说早就单恋猪之了。

“真不够我害臊的。”藤吉把话转达给猪之后说道，“我简直就像是专门被使唤去听人炫耀恩爱的，我都受不了自己了，怎么这么好说话。”

“对不住了。”猪之低下头。

“真是好久没听到你跟我道歉了。”

“真的对不住。”

猪之看上去一脸扫兴，没有半点兴奋的样子。“谈谈去吧，”藤吉道，“过两三天就要回江户了，再不抓紧时间就不带你回去了。”

“嗯，就这么办，”猪之应道，“就这么办吧，我去找她谈谈。”

“猪之出了门，没过半刻就回来了，说他现在就要回江户。”

藤吉惊呆了。

猪之慌慌张张地说：“那女人说要跟我一起回江户，开什么玩笑。又不是猫发情这么简单，我哪承受得了，开什么玩笑，我可不干。”

“喂，你先冷静下来，再好好解释一下，到底怎么回事儿？”

“没那个工夫，”猪之答道，“等回了江户再跟你解释，小清那女人生气了，可能会追过来。要是她追过来了就赶她回去，总之我先走了。”猪之说着草草地收拾了东西，草鞋的带子也没系好就冲了出去。藤吉没处撒气，只好坐着嘀咕，这时猪之又折了回来，在门口探头探脑，哭丧着脸冲他苦笑着说：“大哥，等你回江户使劲揍我，揍到解气为止。”

小清没有追来。虽然没来兴师问罪，但听说工匠们去喝酒的时候，她喝醉之后把猪之骂得狗血淋头。从他根本不算个男人，骂到要把江户人捣成泥、磨成粉，还说要穿着鞋把他踩得粉碎。

“这事到这儿就结束了。”藤吉又拿起一壶酒，边倒酒边说，“我回到江户没多久，就忙着筹办自己的婚事。五月末我娶千代过门后搬到了佐久间町，也就是我们现在住的地方。”

阿登问道：“水户的小清那边到底发生了什么？”

“也没什么。”藤吉答道，“猪之去找小清的时候，小清把猪之拉到店里面的小房间，突然抱住他说：‘我真开心，你就要回江户了吧，到时候带我一起走，你可不能骗我。’”

“然后猪之又受不了了？”

“真是不可理喻，”藤吉道，“明明是他先喜欢上人家，非得娶人家做媳妇，人家稍微说点什么——而且都是因为爱他才说的、正常的话，他就马上翻脸不认人，恶心得浑身发毛，我可没法理解他到底怎么想的。”

七

当晚，阿登把这些话转述给新出去定。本以为他会觉得这些事兴味索然，没想到去定十分关心，一直催着他问“然后呢”。

藤吉夫妇搬到佐久间町后，猪之先回到工头家住了半年左右，后来才搬到久右卫门町的大院里。或许因为他经常出入藤吉家，住在堀江有些不便吧。猪之不到三天就来一次，这可吓坏了新婚不久的千代。搬到久右卫门町后，猪之一大早就跑到藤吉家，帮忙打水、打扫房间，然后两人一起出门工作。太阳落山后，猪之又来了，直到藤吉说要睡了才肯走。

自从藤吉成家后，猪之就没再因为女人闹什么矛盾。他仍旧不去花街柳巷玩，干活的地方和酒馆里经常有女人约他出去，他却一脸冷漠，从不正眼看人家。他的变化发生在去年的年末。猪之去了工地也不干活，一天到晚抱着胳膊。问他怎么了，他只回答说没什么，就是不干活。有时候还会做出一些匪夷所思的举动，例如拿着刨子或凿子在完工的柱子上钻洞，把四分厚木板削得像纸片那么薄之类。

这家伙有问题。

藤吉注意到猪之状态不对，于是请工头让他休息一阵子。没过多久，大院的管事过来抱怨，说猪之虽然不对人动粗，但是行为怪异，搞得大院里的租户十分厌烦，问藤吉能不能想想办法。猪之是品川一户渔家的三子，老家还有父亲、哥哥和两个妹妹。藤吉说，他们家人之间感情淡薄，几年也不往来一次，但毕竟是父子，所以想联系品川老家接他回去。千代听了却十分反对：“这样他也太可怜了。他们父子之间关系这么冷淡，送回去不知道会不会照顾他呢。猪之哥那么依赖你，喜欢你胜过亲生父母和兄弟姐妹。反正咱们也没有孩子，干脆接回家照顾，这样不是更好吗？”千代十分热心，于是正月中旬，藤吉便把猪之接来了佐久间町。

那之后的半年，他们四处寻医问药，甚至去祈祷、请符，猪之却不见半点好转。好在症状也没有恶化得太厉害。他常常反穿和服，把腰带系在前面，到处乱走。白天呼呼大睡，晚上精神百倍。如果藤吉不发火，他就不停地自言自语，或者一直用鼻子哼哼个不停。藤吉说，有一点让他很在意，就是猪之无论如何也不肯干活，他猜测病根或许就在这。

“倒着种树，”去定问道，“你看见了吗？”

“看见了，所有的树都是根朝上种的。”

去定看着阿登道：“你怎么看？也认为是疯病吗？”

“不好说，可能在女人的事上反反复复，导致精神出了问题吧。”

“不对，原因不在女人，而在藤吉。”

阿登惊讶地看着去定。

“猪之从小就被女人们宠着，长大后也颇受女人喜欢，但根据我问诊时的观察，猪之迷上的人是藤吉。”去定道，“女人喜欢猪之，但是猪之却把对女人的爱意给了藤吉。这当然不是出于情色，男人之间也会产生感情，只不过猪之对藤吉的感情更加强烈、更加复杂罢了。”

“照你这样说，他现在和藤吉生活在一起，病情不是应该好转才对吗?”

“不，恰恰相反。必须让他离开藤吉。”去定道，“之前猪之做的那些事，都是为了故意为难藤吉。当然他自己意识不到，只是不知不觉就那样做了。他心里想通过难为藤吉来依赖他，让藤吉和自己的关系更亲密。”

阿登闭上眼沉默了一会儿，最终轻轻地、含糊地点了点头。

“明天把他接过来，”去定转过身面对桌子，一边拿起笔一边道，“跟藤吉说，这阵子先别管他可能就好了，没有什么机械装置比人的脑子更神奇、更不可思议了。”

第二天，猪之被接到了养生所。

阿登向藤吉转达了去定的诊断结果，反复叮嘱他千万不要来探病。阿登并不认同去定的诊断。他觉得去定光是空说些道理，而且有些牵强附会，所以打算按照自己的想法进行治疗。他给猪之安排了一个单人间。猪之也不想和别人共处一室，不管是病人还是老人，只要有女人，他就不愿意。去定也同意，就按照他的喜好安排了。

从那时起直到夏末，阿登一有空就去猪之的房间，一边请他吃茶点，一边装作不经意地和他聊天，试图从他口中套些话出来。

“都没人来探病啊，”阿登向猪之暗示道，“你希望谁来探望你呢?”

猪之一脸严肃地陷入沉思。

“佐久间町那家人不会来么?”阿登进一步暗示，“我叫人请他过来吧?”

“别，不用了，”猪之果断地摇摇头，“大哥不来肯定是因为太忙了，而且就算来了也不能怎么样。”

说到这里，阿登便不再提这件事了。

直到夏天过去，猪之的状态也没有变化。他几乎整日待在房间里，除了傍晚去院子里走走，其他时候都是靠发呆来打发时间。除了不再做以前那些奇怪的举动，几乎没有任何好转的征兆。

“为什么讨厌女人呢?”阿登试着问道，“身为男人却讨厌女人，这不奇怪吗?”

“不讨厌啊，”猪之答道，“我不讨厌女人啊。”

“但是，你刚来的时候，不是说不管是病人还是老人，只要有女人的病房都不喜欢吗?”

猪之想了一会儿，点点头道：“啊，是吗？原来是这里奇怪啊。”

“你也觉得自己奇怪吗?”

“这是有原因的，”猪之道，“这些话本来不该和别人说的，但您是大夫，所以说说也没事儿吧?”

“那当然。”阿登道。

八

“那是我十八岁的时候，”猪之讲道，“工头家里有两个女儿，附近的女孩们经常来找她们玩。”

阿登想起了藤吉的话，当然他不能表现出听过这些故事，只能装作不知情的样子听他讲。

“这些女孩中有个九岁的姑娘，叫小玉，是一户叫玉川屋的染坊家的女儿。她的身材和脸蛋都圆鼓鼓的，性格乖巧又直爽，但是……不行，”猪之说着脸红了，“后来的事有点儿说不出口。”

“我可是大夫。”

“那您可别想歪了，”猪之摸着后脖颈道，“那个小玉总爱黏着我，这倒也没什么，我也觉得小玉挺可爱。之后发生了许多事，有一次，她抱住我，我就用嘴轻轻亲了她一下。啊，您别误会，我那时没有任何下流的想法，只是觉得她可爱，她抱住我的时候我也没多想，只是亲了那么一下。”

“这没什么稀奇的，”阿登道，“不管是谁都会有那样的经历吧。”

“但是那之后的事就不一样了。”猪之语速飞快地继续讲，简直就像要从他讲的故事里逃开似的，“我亲上去的时候，小玉把自己的舌头伸进了我嘴里，她可是个九岁的孩子！”说着他擦了一下嘴，五官皱在一起，露出要啐唾沫似的表情：“我那会儿十八岁，对那种事一窍不通，而且对方是九岁的小孩，我仅仅觉得她乖巧可爱又直爽而已。当她把柔软的小舌头伸进我嘴里的时候，我吓得差点儿跳起来，然后我就推开小玉逃走了。”

阿登微笑道：“这也没什么稀奇的。”

“没什么稀奇的?”

“我也经历过这样的事，”阿登道，“类似的经历我也有。”

猪之露出一副刚从梦中惊醒似的表情，发出“欸”的声音看着阿登。“然后呢?”他问道，“发生了那种事，大夫您什么感觉都没有吗?”

“当时可能有点儿不知所措吧。”

“我觉得很可怕，”猪之道，“我吓得浑身发抖呢。”

“明明是个市井里混大的工匠，”阿登笑道，“你也够晚熟的。”

“可能是吧，唉。”猪之歪着头，“可能就是那样吧。”

“是吧。”阿登道。

阿登认为这就是治疗的突破口。

去定的诊断虽然有一定的道理，但事实上却没有那么简单。爱上了女人就逃跑，不断重复这样的过程，是因为小玉的事一直深深印在他的脑海里。

阿登相信，只要除去这块心病，猪之就有望恢复。阿登的诊断正确与否，刚入秋时便见了分晓。那天，阿登在院子里看到了罕见的一幕。猪之总会在傍晚出一次门，被阿登撞见那次，他手里提着篮子，正和一个女人同行。

“嚯。”阿登的目光不由自主地跟了过去。

那女人是小杉。她去给主人由美取了晚饭，这会儿正在回去的路上。猪之手里的篮子是用来装饭菜的，阿登已经见过好几次了。

猪之同小杉聊着什么，走向由美的住处。阿登回了自己的房间。

因为大多时候要陪去定外出巡诊，于是阿登拜托森半太夫帮忙留意猪之的举动。半太夫虽然很忙，但还是尽职尽责地盯着猪之，每天都跟阿登详细汇报猪之的动向。很明显，猪之开始改变了。他待在房间里的时间变少了，经常外出干活，他去药园借来锯子和刨子，修补坏掉的栅栏，钉厨房的墙板。

每天早晚饭的时候，他都帮小杉提篮子，也不时去厨房磨刀、削菜板，有时候还帮忙洗菜。

“那我就放心了。”

阿登心想过不多久他就能恢复了，于是渐渐不再关注猪之的情况。九月中旬的一个夜晚，阿登出外诊回来，换了衣服，走向快关门的食堂时，猪之追上来叫住了他。

“我这儿有酒，”猪之耳语道，“能陪我喝一杯吗？”

“酒？怎么了？”

“我托吉哥买来的，”猪之微笑道，“您之前不也经常托吉哥去买酒嘛。”

阿登别过脸道：“我饿着呢。”

“还有寿司呢，”猪之道，“来吧，其实我有话跟您说。”

阿登去了他的房间。

阿登有些日子没来过了，房间收拾得整整齐齐，一尘不染，看着十分舒服。

饭桌上除了普通的饭菜外，还放着堆起来的寿司和五合[①]酒。这里没法烫酒，猪之已经喝上了凉酒。他一坐下就喝光了杯里剩的酒，然后向阿登敬酒。

“我不能喝，”阿登摆摆手，“你要说什么？”

“那，让我再喝点儿，”猪之道，“这话不喝到微醺说不出口啊。”

阿登冷静道：“是小杉的事吧。”

“唔，”猪之看着阿登道，“您知道啊？”

“具体情形不清楚，不过能猜到大概。”

“哇，吓了我一跳。那样的话，我就实话说了。”猪之往杯里倒了酒，然后两手端起酒杯，诚恳地看着阿登，“首先，让我在这儿多留一阵子，可以吗？”

“这不是我一个人说了算的。”

“我能干活，只要是我会的我都干，这里的活儿足够雇一个木匠来干了。”

“倒也没错。”阿登道，“然后呢？”

“这事也不是马上就要办，”猪之的脸唰地一下红了，他一口喝光了杯里的酒，“我还什么都没和她说呢，您不吃个寿司吗？”

阿登脱口而出：“就是说，你想娶小杉？”

“她太可怜了，”猪之道，“要侍奉那个疯主人，吃喝拉撒都得照顾到，也不知道什么时候是个头，就这么忍着，光是看着

---

① 合：日本的容积单位。

我都心疼。”

“那么，”阿登问道，“你是因为同情所以要娶她吗？”

“怎么会，您说笑了。”猪之认真回答道，“她的确是可怜，但是我想娶她是因为喜欢她，我到现在也见过不少女人了，还是第一次遇到小杉这样的女人，我愿意和小杉吃一辈子苦。”

阿登沉默不语。

“我是说真的。”猪之双眼湿润，他坐正了身子道，“遇到小杉之后，我才觉得自己不能浑噩度日，得好好干活，不能再像以前那样游手好闲地混日子了……这是第一次，从出生到现在，我第一次有了这样的想法。我想和小杉幸福地生活，我一定会让她幸福的。”

“你能说话算话吗？”

“不信您去问我大哥，我第一次说这种话，只要小杉愿意在我身边，我的这份心就永远不会变。”

是么，阿登心想，他终于开始主动爱别人了。

之前都是藤吉护着他，女人们围着他转。一直以来他都是被动的，这次他开始同情小杉，想要给她幸福。这就是他身为一个男人独自担当的表现吧。阿登这样想着，但为了以防万一，他还是用了激将法。

“你是想说事不过三吗？”

猪之警惕地看着他道：“什么？事不过三是指？”

“算了，”阿登微笑着起身，“没什么，别在意。这事儿我和去定大夫商量一下。”

“拜托您了。”猪之低下头，然后激动道，“先说好，如果他不同意的话，我就带着小杉私奔。这不是威胁，我是认真的，请您转告去定大夫。”

阿登直视他的双眼，点点头，走出了房间。

孤注一掷

一

“我知道病人都在抱怨，”新出去定边走边道，“病房里只铺着木板，病人们铺上席子、被褥睡觉；穿的都是一样的衣服，不束和服腰带，只系上细带子。不仅病房是这样，大夫的房间也一样。听说病人都抱怨像进了牢房。不只病人，好多大夫也都这么觉得。保本呢？你怎么想？”

“我觉得没什么，”阿登说完又赶紧补充了一句，“这样干净整洁，我反倒觉得挺好。”

“别迎合我，我最烦刻意迎合了。”

阿登不说话了。

“家具中问题最严重的就是榻榻米。从前都不用那东西。水户的德川光圀①一辈子都没在殿内铺榻榻米，据传是崇尚古代武士的简朴和刚健，其实并非如此。就算真的出于这种目的，作

① 日本江户时代的大名，水户藩第二代藩主，德川家康之孙。

为居住方式来说也是极为合理的。从元禄年间迄今，榻榻米逐渐普遍起来，但之前的两千多年里，大家都铺着木板生活，这就能说明不铺榻榻米的合理性。”

“那时就已经有榻榻米了吧。”

“那是贵族的家具，只有在举行仪式或睡觉的时候用，大多数情况下还是铺木板的。”去定道，“如果铺木板不合理的话，既然已经有了榻榻米，应该早就流行起来才对。”

他们走上了坡路。彼时是七月中旬的午后三点，虽然历法上已经是秋天了，天气却比仲夏还热。那天没有一丝风，天空大晴，像故意使坏似的。阳光压在背后，仿佛伸手就能摸到的固体一样，有着真实的重量感。阿登自不用说，竹造背着药箱，后背和上臂出的汗浸透了和服，他还要忙着擦拭从额头、脸颊和脖颈流出来的汗水。但是去定没流一滴汗。去定身上没有多少脂肪，结实强壮，双臂和宽阔的肩膀上肌肉高高隆起，手掌宽厚，手指也像劳作的百姓一样粗。他的腰很细，像年轻人一样收得紧紧的，乍一看就像一头老公牛。因此，阿登觉得他会感受到常人双倍的酷热，但是不论太阳多晒，他走在路上都面不改色，坚决不流一滴汗。这情形，阿登从一入夏便注意到了。对于去定从不喊热这件事，阿登并不惊讶，但是从不流一滴汗这件事让他觉得匪夷所思。

“您不热吗?”

一次，阿登试着问道。他话音未落，去定便答道：“热啊。”那语气像是在反问他“热又怎么了”，阿登就没敢再问他出汗的事。

“这里的气候太过潮湿，灰尘和湿气都会堆积在榻榻米里。”去定继续道，“你可以随便找一家试试，尤其是刚刚大扫除过的，试着拍拍那家的榻榻米，必定会扬尘。用稻草和灯芯草编的榻榻米最适合吸收、保存湿气和尘埃了。富裕人家可以经常换洗、打扫榻榻米，很大程度上能够减少尘污，穷人可做不到。你也见过出租大院的情况，应该知道，那些榻榻米铺了十多年了，没有及时更换，打扫也不充分，稻草芯被湿气浸得软塌塌的，有的像肠子一样从榻榻米磨破的表皮里露出来，那都是虱子跳蚤的窝，人一喘气就会吸入稻草屑和灰尘。地板又低，底下的地永远都潮湿着，根本没有干燥的时候。睡在那种房间里，不生病才怪。”

去定道：“像养生所那样铺木地板的话，既能阻挡地下的湿气，又方便及时给席子暴晒通风。单单是这样比较，哪种更合理也一目了然了吧。”这时他们刚好登上坡顶，准备沿着本乡一丁目的大路向右转。阿登听了去定的解释，相比其理论的正确性，更令他感慨的是去定的热情和勇气。去定能够着眼卫生问题，对自己的观点深信不疑，丝毫不在意他人的反对和抱怨，说干就干。

像去定大夫这样的人，才是养生所这个特殊机构的不二之材啊。阿登一边这样想，一边用手擦着汗。这时，他突然看到对面走来了一个年轻人。那人穿了一身洗旧了的单衣，系着腰带，穿着草鞋，卷着半边袖子，晃晃悠悠地走了过来。将要与去定擦肩而过时，那人猛地撞了上去。在后面的阿登眼里，他分明是故意的。去定冷不丁被撞，踉跄了一下。接着，那年轻人叫喊起来。

“喂，老东西，你想干吗啊？”

去定看着那人，点头致歉：“真是失礼了。”

“失礼了！”年轻人用卷起袖子的那只手撸起了另一只袖子，“喂，这么宽的路还能撞到人，说声失礼了就算了吗？啊？”

阿登下意识地想要上前，去定制止了他，更为诚恳地低下头道：“你看，我是个老人家，边走路边想事情，所以不小心冒犯了。真是对不起，请你原谅。”

“切！”年轻人把眼睛眯成三角形，上下打量着去定，似乎是觉得没法再钻空子说什么了。他往旁边啐了口吐沫，说道：“切，太倒霉了，真让人不痛快，以后小心点儿。”

走出半条街后，阿登愤愤道：“是个小混混吧！真没教养，我看见他是故意撞过来的。”

“他就想撞那么一下吧。”去定淡然道，“人有时候就想那么干，年轻的时候我也那么干过。”

“我刚才真想揍他一顿。”阿登想这么说，但却没说出口，只是攥紧了拳头，默默地走着。

二

三组町既有日光寺的别院，也有一小片娼家聚集的区域。

那里被称为冈场所，排列着一栋栋的租屋，按照规定，一间屋子里有两个女人。当然这规定只是表面文章。大家原以为这里的生意被废止了，事实上不知何时又获准开业。由于管理的规定时宽时严，现在娼家和女人的数量都没有定数。

去定每隔十天就要到这冈场所出诊一次，强行替那些女人们诊察和治疗。听森半太夫说，他是两年前开始这样做的。那年秋天有三个娼妓来到养生所请求救治，三人都感染了梅毒，再加上重度营养不良，瘦得几乎像饿鬼一样。去定进行了紧急救治，也叫了她们的雇主，但是雇主却说不认识这些女人，拒绝露面。于是去定便请町里的官员一同去了三组町。

“世上没有恶人，世上没有人是恶人。”

森半太夫说，去定回到养生所后一直这样独自念叨着。那语气不是在承认“世上没有恶人”，而是在劝慰自己“世上不可能有恶人”。来求救的三人中，一个已经死了，剩下两个经过半年的疗养，差不多恢复了健康。其中一人回了水户老家，一人逃走了。她没有父母和兄弟姐妹，无依无靠，新出大夫让她留在厨房帮忙。但她还是逃走了，到现在也不知道去了哪里。

阿登从半太夫那里打听来这些事。现在养生所的病房里也住着两个娼妓，都是去定接来疗养的。阿登作为助手参与了这二人的治疗，但是从未去三组町外诊过。这天，从本乡的大道拐向汤岛天神方向时，他终于猜到了去定的目的地。

“保本你……”走到能看到日光寺的下邸宅的地方时，去定放慢了脚步问阿登，“你去过烟柳巷、冈场所这种地方吗？”

阿登含糊道："啊，在长崎的时候去过三次左右。"

"是作为大夫去的，还是作为客人去的？"

阿登擦了擦汗。"同学邀我一起去玩的，但是，"阿登鼓起勇气道，"我没碰女人。"

"呵。"去定道。

"当时我在江户和一个姑娘定了婚约，"阿登较真起来，"那姑娘趁我不在，和别的男人……不，虽然她打破了婚约，但我当时相信她会等我回来，所以即使受同学所邀去了烟柳巷，也不想碰那里的女人。"

去定走了一会后说道："好像问了不该问的事啊，我收回刚才的问题，你忘了这事儿吧。"

阿登又擦了擦汗。

三组町的那片地围着矮矮的黑色板壁，入口边上有一间望火哨①的小屋。黑色板壁已经老旧不堪，墙体倾斜，有些地方的木板已经剥落了。望火哨的纸门敞开着，能看到里面有三个男人。两人打着赤膊，另外一人裸着身子。他们看到了路过的去定，其中一人小声说了些什么，三人用锐利的目光盯着去定看，然后又盯着阿登。

"这个季节，"阿登问道，"这儿的望火哨从白天起就有这么多人当值吗？"

"只是装个样子，"去定答道，"这里的望火哨也是狗来干

---

① 望火哨：专门警戒火灾的人。

的，那些男人是这儿的守卫。”

阿登不明所以。

“这儿的客人多是武士家的跟班和用人，”去定解释道，“其中不乏狐假虎威作恶的人，到时候那几个男人就会出来收拾他们。这些人还有阻止女人逃跑的任务，归根到底，他们受雇于这一片的娼家。个中关系错综复杂，一两句话解释不清，不过，慢慢你就会明白了。你最好记住，不管他们说什么，都不能和他们起正面冲突。”

“他们会说什么吗?”

“暂且还没有，”去定道，“一般也不会有，我是为了以防万一才提醒你的。”

“明白了。”阿登答道。

去定走访了十七处娼家，给八个女人看了病。其中有一个十三岁的少女，老鸨说她是亲戚留在这里帮忙的。少女自称十五岁，但她的胸和腰尚没有曲线，身材瘦小，长相也是瘦弱小孩样，怎么看都不像比十三岁大。去定早就觉得这女孩不对劲，这次强行为她诊察后，把老鸨狠狠骂了一顿。

“哪有人让这么小的孩子接客？我要是报官的话，你可得吃牢饭了。”

“您说什么呢，没这回事。”老鸨激动地否认道，“这是我亲戚家的孩子。就算我做的是那种生意，也不能让亲戚托付给我的孩子接客呀！我可不是那种女人。”

“这是梅毒，”去定指着少女嘴角上的脓包，“我早就发现了。她身上也长了，不接待携有这种病毒的客人是不会染病的。”

“这我可不知道，”老鸨说着看向少女，“还是说……丰儿，你难道瞒着我做了什么坏事？”

少女面无表情，一声不吭。

“丰儿，怎么不回答我？”

“闭嘴，”去定对老鸨道，“别演这出了，还是把这孩子送回父母身边吧！她的父母在哪儿？”

“这我可不清楚。”

去定没说话。

“直到前年年末，他们还在本所的业平呢。”老鸨道，“他们之前在船上开了个果蔬店，因为孩子太多生活困难，日子过不下去，才把这孩子托付给我，我现在也不知道他们后来去哪儿了。”

去定问小丰：“说实话，你家在哪儿啊？”

“不知道。”少女摇摇头。“娘……”她立刻改口道，“姨娘说得没错，之前是在业平来着。”

“别说谎，”去定打断她的话，“我会帮你的，跟我说实话吧。”又说：“你不必担心，也不用顾虑别人，有我在呢。”

然而小丰还是重复老鸨说的话，并且坚称自己十五岁。于是去定说，如果这样的话，他们就要接她回养生所了。老鸨痛快地答应了：“少了个麻烦，真是太好了，请您把她带走吧。”老鸨说完，小丰突然哭了起来，左右扭着身子道：“我不愿意。”

“我就想待在这个家里，”小丰用孩子撒娇似的语气喊道，“我哪儿也不去，我就要在这个家里，别带我走。”

这些像是发自内心的话，不是因为惧怕老鸨，而是真心想要留在这里。她的声音和流着眼泪的双眼都诉说着她的心声。

“你听好了，”去定安慰道，“你生了很严重的病，如果继续留在这里，可能会残疾或者发疯。”

“不要，不要！”小丰哭叫道，“我就要留在这个家里，不要带我走，不要。”

三

老鸨平静地用烟管抽着烟。隔壁房间里有两个女人，连气都不敢喘，没有一点动静。小丰的哭声传到门外，似乎被两个男人听到了。他们喊着“怎么啦，怎么啦”，粗鲁地闯了进来。

“怎么啦，大姐？”其中一个男人问道，“怎么哭啦？出什么事儿了？”

两个男人都很年轻，二十一二岁的样子，头上梳着前端卷起的流行发髻，穿着花哨的浴衣，系着腰带，脚上蹬着崭新的竹皮草屐。

“没什么，别大呼小叫的。”老鸨放下烟管道，“不过是养生所的大夫说这孩子生病了，要接她过去治病，这孩子不愿意去，所以才哭闹起来。”

“孩子不愿意，都哭成这样了，哪能带她走呢?”其中一个年轻人道，“要治病的话也不用非得去养生所嘛，咱们这里也有本地的大夫啊，是吧，铁子?”

“是啊，”与他同来的年轻人哑着嗓子应道，“又不是只有养生所的大夫才是大夫，养生所的大夫也不是什么病都能治，不然世上哪还有死人呢？生病就是生病，大夫只是大夫，要死的人还是得死，旁人谁也没法儿掺和。”

“我就是不去，就不去。”小丰扭着身子哭叫道，“我哪儿也不想去，我就要留在这个家里。”

“竹造，”去定道，“把药箱拿来。”

竹造在门口，正狠狠盯着那两个年轻人，表情愤怒，紧握着拳头。被去定一唤，他吓了一跳，连忙把药箱递给了阿登。

“放心吧，小丰，”第一个年轻人道，“有我们在呢，谁也不敢碰你一根指头，我们会拼命保护你的。”

“是啊，”他的同伴道，“我们为了这片地方可是能拼上身体和性命的，不然白在这儿住了这么久了。”

去定把药给了老鸨，里面是掺了贝类的膏药和煎服的汤药。去定仔细告诉老鸨药的用法，还亲自演示如何给小丰贴膏药。小丰突然不哭了，连抽泣声都没有，之前的哭喊像演出来的一样。

“我先和你挑明了，”去定对老鸨道，“今后绝不能再让她接客了。要是再让她接客，我就告到官府去，知道了吗?”

“这我可保不准，”老鸨拿起烟管道，“我哪能一天二十四小时都盯着这孩子呀！她也是知世事的，那事儿躲在门后站着都能做。”

“别狡辩。”

“这孩子也是人啊，我总不能拿铁链拴住她吧。”她又对那两个年轻人道，“回去吧，铁哥、兼哥，麻烦你们两位了。”

两个年轻人离开了。传来“大夫胆小鬼，吓得发抖”之类的话，直到他们走远了还能听见放肆的大笑声。阿登看到竹造气得脸色黑红。然而去定却毫不在意，说过十天左右再来，没过多久便离开了。

他们从三组町转到下谷，探望了一位做谷物生意的老人，那时他正在根岸别墅里睡觉。之后，又去了神田的商家、锻冶桥门内的松平隐岐府邸等八个地方。他们走了一路，没有休息，去定在途中和阿登聊天。

“没有什么比人类更加高尚、美好、纯粹、可靠，”去定道，“但是，也没有什么比人类更加卑劣、肮脏、愚昧、邪恶、贪婪。”

那些娼家的老鸨，靠女人赚钱吃饭。这是善是恶暂且不谈，既然做了靠女人吃饭的营生，至少要给她们应得的报酬。但事实大多相反，利用她们赚钱，生了病却不让她们好好养病。甚至和一些开业医生背地勾结，让她们接客接到病倒为止。等她们倒下了，别说药，连饭都不让吃饱，恨不得早点给她们收尸，那些老鸨做这么残忍的事都面不改色。这样的事虽不至于司空见惯，但至少逃来养生所的三个女人都有过类似遭遇。现在三组町有几个娼家也是这样。

“我不反对卖春，只要人有欲望，自然就会催生出满足人欲望的环境。”去定道，“如果认为卖春是道德败坏，那么饭店茶馆也不该存在。不，那就必须从根上否定料理烹饪，因为烹饪出来的美食过分刺激了人的食欲，这违反了人原本的进食欲求。”

当然，饭店茶馆的生意越来越好，卖春的生意也必定有增无减。不仅如此，为了满足人的欲望，不能见光的生意只会更多。因此，即使那些生意败坏道德，人们想要谴责、鞭挞，甚至摧毁它们，都是徒劳的。倒不如爽快地接受它们，努力把这些生意的经营环境改善得更好、更健康。

“我说这些，是因为我有亲身经历。”去定道。

“也没什么好解释的，我曾经也偷盗，也沉迷过妓女，还背叛师门、出卖朋友。我也是肮脏的、犯过不少错的人，所以我能懂那些小偷、妓女和无赖的心思。”

去定说着，突然咂咂嘴。

“真蠢啊，”去定停住了脚步，“我说这些干什么，今天真是不对劲。”

阿登惊讶地呆愣在原地。

偷盗，背叛，出卖朋友。

到底是怎么回事？这是他的真实经历，还是仅指意识观念上的事呢？无论如何，他为什么突然说起这些？阿登这样想着，沉默着跟在去定身后。

四

当夜，和往常一样吃过稍晚的晚饭后，阿登被叫到了去定的房间。去定拿过桌子旁边的包裹递给阿登，并说：“用了这么久，真是对不住。”

“这是什么？”阿登问道。

“之前跟你借的笔记和图录。”

阿登点点头。这是他去长崎游学时的东西，里面记录着各科的病理和解剖、治疗、配药的知识。刚成为这里的见习大夫时，去定要求他把这些交了上去。

“必要的部分，我做了笔记，”去定道，“这不是为了我自己，而是为了帮助患者，可能你心里不舒服，请谅解一下吧。”

阿登感觉到自己的腋下汗湿了。当初去定要他交出笔记、图录的时候，他固执地拒绝，说这是他的东西。尤其是内科部分，他记录了自己独有的诊断、治疗方法，他深信通过这些能使自己在医学界一举成名。阿登甚至还说过“不是有治疗白内障出名并发了财的医生？”这样的话。

“我今天跟你说过，我以前偷盗过，”去定苦笑道，“这也是一种偷盗吧。”

“请您原谅我，”阿登低下头，“我那时不明事理，现在想来真是惭愧，拜托您别再说这种话了。”

“我也为今天的自己感到惭愧，”去定用力捋着胡子，“一想到我没头没尾地说了那些蠢话，还趾高气扬地愤愤不平，我就觉得自己卑鄙得很。”

“您当时生气了，”阿登道，“在小丰姑娘家，那两个无赖出言不逊，您那时忍下了怒气，在去下谷的路上发泄出来了。”

“不全是那样，我同情那二人，但绝没有生气。”

“同情是指？”

“几年前起，那样的年轻小混混越来越多，”去定说着深深叹了口气，“原因之一是幕府颁布了俭约令。幕府禁止无用的玩物和奢侈品，这倒没什么，关键是限制过于苛刻，导致贸易停滞，许多人破产或者没了工作。再加上中止了大型的填拓工程和护城河修建工程，又有不少人丢了饭碗。即便如此，那些上了年纪、有家室的人，或者有本事的人还是能勉强谋一条生路，但心性不定的年轻人就容易误入歧途。生来性格就像混混一样的人暂且不提，一般人谁不想好好生活？没人想被叫作混混、无赖，专门去讨人嫌。”

去定道：“不仅是今天那两人，只要见到在街上闲逛的年轻人，我都会觉得他们可怜。”

“娼家的老鸨也是一样，看到她们用无情冷酷的手段对待那些妓女，我简直想抓了她们倒吊起来。最开始我经常这样想，直到现在也不时感受到这种怒火，但仔细观察就能发现，她们那样做并非都是出于贪婪，有些人的贫穷程度不亚于她们雇来的妓女。”说到这里，去定沉默了一会儿，继而用自责的口吻道，“被排斥在社会之外，被世间孤立、厌恶、憎恨和轻蔑的人，多是正直、胆小、善良却缺少才智的人。这些人被逼无奈之下，要么自我了断，要么失去辨别是非的能力，做出过分的事。这些人总是处在无处可退的境地，其中大多数选择了自我了断，而那些自暴自弃、走上歧途的人，因为缺乏才智，所以更容易使用非常手段。这样的例子保本也见过不少吧。”

或许这世上的悖德和罪恶是无法根除的。但是，如果其根源在于贫困和无知的话，我们就必须努力克服贫困和无知。

“那样的努力可以说是徒劳。回顾我迄今为止的亲身经历，几乎都徒劳无功。”去定道，“世道是不断变化的，农、工、商、学都在马不停蹄地向前发展，没有余暇顾及那些跟不上来的人。跟不上发展的人确实存在，但他们也是人。比起坐享荣华富贵的人，我更能从饱受贫困与无知之苦的人身上感受到真正的人情味，我对他们的未来抱有很大的期望。”

“人类能做的事各种各样。既有看来清闲却富有成效的工作，也有看来无用但坚持做下去、不断积累就能获得成果的工作。我的思考、我至今为止的工作可能的确是徒劳，但我相信我可以把一辈子都花在这些徒劳的事上。”说到这里，去定突然用力摇了摇头。

“我到底在说什么啊，太蠢了。”说着他又用力捋起胡须，“我今天真是不对劲，叫你来可不是为了说这些，而是有别的事要说。”

阿登看着去定。

“是天野家女儿的事，”去定别开视线道，“你知道了吧？”

“是。”阿登答道。

“具体我也不清楚，源伯像是要说，但我没细问，不过大概也能猜到是怎么回事。”去定稍作休息后继续道，“简单来说，就是天野想让你娶了他家的小女儿，她十八岁，名叫……什么来着？”

“叫雅央。”

“你认识她本人吧。”

“只记得长相。”

“据说大女儿跟他们家断绝了关系，如果你娶了小女儿，很多事情都能圆满收场。你父母也希望这样，如果你有此意的话，就去一趟麹町吧。”

“我还在见习期间，”阿登答道，“暂时不想考虑结婚的事。”

去定看着阿登：“你还对大女儿依依不舍吗？”

“如果说没有，那是说谎，”阿登道，“但是对现在的我而言，见习更为重要，今后还要面对竞争，所以眼下我不想考虑那些。”

“那么，先立下婚约如何？”

阿登严肃地皱起眉。

“承蒙好意，”他别开脸道，“但是我不能立这个婚约。”

去定目不转睛地看了阿登好一会，最终重新看向桌子，低咳了几声，说道：“我要说的就这么多。”

阿登行过礼，提着包裹离开了。

五

阿登回到自己的房间，将装着笔记的包裹收进柜子，然后去了森半太夫的房间。半太夫将提灯放在桌子旁，正写着日记。每天记录入院患者的情况是半太夫的任务之一。

“就快写完了，”半太夫道，“那边有蒲团，先坐着等一下吧。”

阿登拿过旁边的蒲团，坐了下来。

他来找半太夫是想知道有关去定的事。盗窃先不论，背叛师门、出卖朋友，这背后似乎有什么故事。去定医术精湛，大名诸侯和富商都对他厚礼相迎，他却到现在都未娶妻，而是在养生所独自过着不自由的生活，其中也像是有隐情。半太夫在这里有些资历，又与去定最亲近，阿登本以为他会了解去定的经历，一问才知道半太夫对此几乎一无所知。

“新出大夫从不说有关自己的事。”半太夫道，“据我所知，他是马场谷里的门生，锻冶桥的宇田川榕庵是他的后辈。”

“马场那个人，做洋学问的……”阿登惊讶地反问道，“新出大夫还是宇田川榕庵的同门师兄？”

“我不是直接从新出大夫那儿听来的，所以也不知道是否属实。据说他是马场先生最信赖、最得意的弟子。”半太夫道，“马场先生想立新出大夫为继承人，但是新出大夫不愿意，于是离开师门，去长崎学了荷兰医学。”

阿登愕然。之前有位患者因胰腺癌变去世，去定用流利的荷兰语说出了病症。阿登还以为那是他从自己的笔记里学来的。若他当真去长崎游学过，可能掌握着比自己更先进的知识。如果他有学习语言的天赋，在长崎又能拿到荷兰语的医书，也实地为病人进行过治疗，那么，那次他说出的病症就不是从自己的笔记里学来的。

那他为什么要抄写我的笔记和图录呢？

莫非，阿登心想，莫非是他谦逊好学，想从别人那里广泛汲取知识？阿登在心里痛骂了自己的肤浅。

“怎么问起这些了？”半太夫道，“新出大夫怎么了吗？”

阿登将今天发生的事和半太夫一一道明。

“我也不太清楚呢。”半太夫道，“背叛师门可能是指他从马场门下离开的事，八成是说自己辜负了师父的厚望，没能成为语言学的继承人。偷盗和出卖朋友之类的，可能不是指现实中发生过的事吧。”

“我也是这样想的，”阿登点点头道，“他当时语气诚恳，像自白一样，但他可能不完全是自己说的那样吧。”

“毕竟他对自己要求特别严格。”

没过多久，阿登便起身离开了。

阿登第二次去三组町是七天后。那是一个下着小雨的午后，空气湿热，像重新进入了梅雨季似的。他和去定巡诊了六个地方，在第三个地方经历了些不愉快。那是在日本桥白银町的一家当铺，老板叫和泉屋德兵卫，他四十一岁的妻子患了中风。

去定从半年前起便为她出诊治疗，并按照惯例收取高额医药费，德兵卫似乎一直对此心有不满。去定做完检查，把重新调配的药给病人时，在旁边看着的德兵卫一边喝茶，一边用讽刺的语气和去定搭话。

“贸然问一句，听说大夫不管生死之事，可是真的?”

“是有这种说法。”去定答道。

“这么说来，”德兵卫假装糊涂道，“能痊愈的病人自会痊愈，该死的病人自会死去，大夫也不知其中道理。是这样吗?”

“这样说也对。”

“这样的话，江湖郎中也好，名医也好，其实差别不大。名贵的药材和成药也一样。是这么回事吧?”德兵卫又刻意补充道，“当然，新出大夫这样的高人是例外。”

“不必当我是例外，”去定答道，“你说得对，大夫也好，药材也好，都没有太大的差别，这是事实。听说是名医就愿意付昂贵的药费，四处奔波搜购不知疗效的药材，这比上赶着给小偷送钱还要蠢。你还有什么别的要问吗?”

“这真是，好像令您不悦了呢。”

“哪里哪里，”去定笑着起身道，“有钱的老大夫不至于为这点事儿动怒，你不必担心。”

刚一出门，去定嘴上骂着“吝啬鬼”，往地上啐了口吐沫。之后，他们又寻访了三个地方，去定的心情还是不见好转。阿登陪同去定出外诊至今，还没见过有人这样说他。不用说普通百姓家，就连大名诸侯都经常对他以礼相待。

遇上无赖了。

一想起德兵卫冷嘲热讽、装傻充愣的语气，以及他那灰暗的脸上流露出的狡猾表情，阿登也厌恶得想啐吐沫。

结束了第六家的外诊出来，去定停住脚步，仰望着天空喃喃自语道："那么……"竹造向上掂了掂背上的药箱，疑惑地看着阿登。阿登用眼神暗示他别出声。

"现在回去有点早啊，"去定回过神道，"好，那就去三组町看看吧。"

去定说着迈开了矫健的步子。他像要把心中的不快都排解出去似的，用力迈着大步，横穿御成道，从松下町穿过一片武家的房子，爬上狭窄陡峭的坡路，一直走到三组町。他脚步飞快，中间没有休息一次。背着药箱的竹造浑身是汗，向着阿登抱怨道："那个小气鬼故意找我们麻烦，真是吃饱了撑的。"

阿登没有说话，转过头看他。竹造用湿透的手帕擦了擦额头，然后两手绞了帕子给阿登看。那手帕就像刚从水里拎出来似的，绞出的汗水多得惊人。阿登苦笑，刚说了一声"给我……"，忽然看向了刚才错身走过的男人。那男人是从娼妓街那头过来的，擦肩而过时用奇怪的眼神看着他们，那厌恶的眼神里带着些许锐利。阿登回头看时，那男人也回头看了一眼，立马又把头转了回去，一路小跑拐进了小巷。

"是上次那家伙。"竹造口吃道。

六

“上次？”

“上次在本乡大道故意撞到新出大夫，还骂骂咧咧的那个人。”

“是吗？我倒没注意。”

“我可记得那张脸，”竹造道，“那家伙刚才不是夹着尾巴逃跑了嘛。”

“好像是。”阿登道。

那天，去定把十七处娼家巡了个遍。其中有几家拒绝问诊，去定置若罔闻，强行闯进去把女人们叫了出来，觉得谁稍有问题就毫不客气地让她们接受诊察，如果诊断出病症就开药，并且会根据症状向其雇主提建议。例如“让那个女人休息十天”“下次我来之前不许让她接客”之类，对于病情严重的人便命令她们“回老家去”。

大多数人表面上都应和着说“好好好”。问诊和治疗都是免费的，她们应当感激才是。但是，其中也不乏反抗的人。“我这儿可全靠这一个姑娘赚钱呢，”有老鸨反驳道，“那个姑娘就知道端茶倒水，三天也招不来一个客人，要是让能赚钱的这个休息十五天，我这儿可就吃不上饭啦。还是说，您补贴我们这十五天的饭钱啊？”

“让她休息十五天，”去定道，“不然的话，可就不只吃不上饭那么简单了。”

那老鸨面部扭曲，用恨不得杀人的眼神瞪着去定。

在少女小丰的家，老鸨说，那孩子已经不在了。她总是担心自己会被送到养生所，三天前的早晨背着人逃走了。因为不知道她要去哪儿，也没法找。阿登不知此事是真是假，他猜小丰可能被卖去了别处。上次小丰叫老鸨“娘”，又急忙改口叫了“姨娘”。老鸨说她是亲戚寄养的孩子，阿登觉得那是谎话，因此这次的话恐怕也不是真的。于是他看向去定，然而去定却不追问，只是静静地听着，然后便离开了。

巡诊完第十七处娼家后，阿登听到去定小声自语道：“要是能去看大夫也行。”外面已是黄昏了，街上到处都是早早喝醉了的客人们，三三两两地在娼家门前和女人聊天，发出搞怪的笑声。去定一行人正要出门时，两个男人突然出现，故意堵住去路一样站在路中央。两个男人都很年轻，其中一个光着身子，另一个只围了兜裆布和白色腹带。那个光着身子的男人叫住了去定。他们警告去定今后不要靠近这里，口吻谦恭亲切，眼神却很凶狠。

去定目不转睛地盯着那个年轻人，用平和的语气问道：“为什么我不能来?”

“听说这儿快要败落了。”年轻人答道，“你早先把町官带来了吧，虽然只有一次，但是不管怎么说，养生所总有种官府衙门的感觉，你又是那儿的大夫，有你这样的人进进出出，客人就吓得不敢来了。”

去定打断他道：“别兜圈子，你是受人指使来的吧，是谁让你来的？”

“这一片所有的人。”

“说实话，”去定紧接着道，“我出入这里已经两年了，要是影响了这儿的生意，肯定早有人出来抱怨了。你老实说，谁派你过来的？谁？”

“老头气势不小啊，”年轻人转向他的同伴，“提醒他是为了他好，这下可没法和和气气地解决了。”

“他小瞧我们，”光着身子的男人扬起手喊道，“喂，兄弟们都过来。”

阿登回头看去。他们身后出现了三个年轻人，正朝这边跑来。其中两人之前因为小丰的事与他们发生过口角，另外一个是刚才与他们擦肩而过的人，竹造说他就是在本乡一丁目撞人的那个男人。

“保本，”去定道，“和竹造退后，别出手。”

“这怎么能行，新出大夫……”

“别管了，”去定打断阿登，“我没事，你们退后。喂，我说让你退后！”

阿登和竹造退到了一边。阿登腿脚发颤，喉咙哽塞。他看向竹造，发现他因为愤怒而涨红了脸，倒是没有半点不安。

“喂，老头儿，”光着身子的男人道，“想想你的年纪，赶紧认输吧，趁现在我们还愿意放你走。要是你非得逞强，可就要残废一辈子了。”

“你该不会没听过这句俗话吧?”去定道，“打架不找大夫，要是哪天看病落到这个大夫手上，可是会有生命危险的。你们才要好好想想，我不要你们的性命，但是保不准会废掉你们两三只手脚。”

那个光着身子的男人似乎是几人中的大哥。他用鼻子冷笑一声，摆出一副轻蔑的表情靠近去定。

“老头，”他问道，“你是真的要打架啊?”

“你还是躲开点儿吧，”去定道，“别怪我没提醒你，还是躲开点儿为妙。”

那男人突然冲向去定。

阿登愕然，张着嘴呆愣在原地。他只能看清浑身赤裸的男人冲了过来，紧接着，六人身影重叠交错，根本分不清谁是谁。其间还能听到骨头断裂的声音、拳头砸上肉身的声音以及男人们的悲鸣和怒吼。不过十五六下呼吸的工夫，其中四人已经瘫倒在地，去定正压制着另外一人。瘫在地上的男人们发出痛苦的呻吟，另一个一边哭一边抓着右脚浑身发抖。

“说吧，”去定一手扼住被压制的男人的喉咙——那男人正是裸着身子的大哥，问道，“谁让你们来的？谁？说！不说的话就掐死你。”

那男人勉强从嗓子里挤出一点声音，左右摇晃着脑袋道：“是五庵大人。”

“你说谁？说清楚了!”

“是御徒町的，”男人喘着粗气道，“井田家的年轻大夫。”

七

阿登心想：井田五庵？胡说什么呢！井田五庵是养生所的大夫，他和父亲玄丹都是御徒町的开业医生，父子二人在养生所担任兼职大夫。阿登觉得这家伙信口开河，去定却放开他起身道：“你确定吧？”

“还有别人，”男人坐起身，痛苦地捂着喉咙道，“汤岛上一个叫荒卷的人，还有天神下的石庵大夫，都指使过我。”

“那些人都是大夫吗？”

男人咳嗽着点点头：“那两个人都是大夫，这次是井田大夫叫我来的，先不说他，荒卷先生和天神下的石庵先生都是靠这片地方谋生计的……”

“知道了，不用说了。”去定打断他，“你起来，到附近找两三块木板来。”

“大概这么长这么宽的。”去定用手比画着大小，那男人摇摇晃晃地站了起来。

去定检查了另外四个倒地的人。两人断了胳膊，一人昏厥，还有一人摔裂了胫骨。四人的眼周和颧骨都留下了淤青，嘴唇破裂流血，满脸都是肿包。去定先叫醒了昏厥的男人，然后让竹造打开药箱，麻利地为他们治疗包扎。就算外面闹成这样，娼家也关着门，周围不见一个人影。不用说，大家肯定都怕被牵扯进来。去定迅速地结束了治疗。浑身赤裸的男人拿来了木板，去定让阿登扯开棉布，为手臂骨折的二人固定了伤口。

“好像下手有点儿重了，”去定一边包扎一边不停地自言自语，“刚才有点儿分寸就好了。嗯，这个伤得太重了。暴力不可取，身为医生不能这样。”

阿登看向竹造。

“这不是头一回啦，”竹造口吃着小声嘀咕道，“那帮人竟然不知道，也太奇怪了。这种事之前有过好几次呢。”

阿登叹着气摇摇头。

“好了，把他们带走吧。”去定起身，向全身赤裸的男人道，“这些不过是临时处理，你再带他们到井田那儿治一下。”

“但是，”那男人面露难色，“我们把事儿办成这样，再去井田大夫那儿，恐怕……”

“不想去的话就来养生所，”去定道，“我不仅能给你们疗伤，要是你们想找个工作也可以找我商量，可不能一直当混混啊。”

“嗯。”男人挠挠头。

“下手有点儿重了，”去定又说了一遍，“对不住。”

去定说完走向阿登。

“真是可悲。”去定走在黄昏的街道上，对阿登说道，“那些大夫和娼家勾结联手压榨女人们，不好好给她们开药，也不正经治疗，骗取高额医药费。我之前就知道。用不正当的治疗来压榨那些可怜的女人，真是残忍，这和杀人放火没什么区别。今天我实在忍不了了……这事儿还真难办啊。”

“您说什么?”阿登愤愤地反问道，“井田父子不是养生所的大夫吗？打着养生所大夫的幌子开诊所赚钱，还指使那些混混……”

去定抬手打断他的话：“井田的事另说，我早晚会处理他们父子俩，我刚才想的是荒卷和石庵的事。”

“这两人不也一样道德败坏吗?”

“但是，他们俩也是人啊。”去定疲惫地说道，“太可悲了，我必须承认他们也是人，他们也有家人。我知道他们不是做大夫的料，要是没有其他谋生的路子，可怎么办？他们为了养活妻儿，维持生计，就算知道自己做的事情很残忍，也只能滥用自己学到的本事了。”

“但是这道理是说不通的。”

“我不懂，一点儿也不懂。”去定摇摇头，“我不在乎道理，这个也是人，那个也是人，他们都得想办法谋生，也都有谋生的权利，但的确有哪里不对。到底是哪里不对呢？唉，我的脑袋已经老朽啦。”

阿登轻笑了一声。虽然指的是不同方面，但“老朽”这个词，让阿登想起刚才去定对六个混混拳打脚踢的英勇身姿，不由觉得有些好笑。去定疑惑地看向阿登。

“啊，没什么，”阿登摇头道，“没什么。”

傻　莺

一

坊间称“伊豆大人背后”的那块地方，夹在松平伊豆守的气派府邸和宽永寺的僧舍中间，南北狭长。大路上只有零星的商铺和几家外面摆着花和油桶的佛寺茶馆，此外，多是一些安静的普通住家，例如古朴的商人隐居所、小妾别院以及每日外出工作的店铺掌柜家等等。然而一拐入旁边的五条小巷，道路左右便是一栋栋的出租大院。此处不但昏暗逼仄，而且因为孩子到处吵嚷显得混乱不堪，对地形不熟悉的人常常会迷失方向。这里共有四十七户住房，其中十二户已经破烂到无法住人，另有七八户空房无人租住，实际有人居住的房间大概二十七八户，一共住了一百五十到一百七八十人。

保本登曾随去定来过这片租屋，给一个被人叫作“傻莺”的男人看病。那是九月中旬的一天，狂风大作。那日，他们巡诊了五个地方，去时已是黄昏，小巷里炊烟弥漫。去定是这里的常客，被狂风刮来的炊烟中不断响起恭敬的问候声和亲切的招呼声。其中有一声招呼从屋顶传来，迎接他们的管事卯兵卫生气了，呵斥道：“你在那儿干什么？是弥助吧！你这臭小子！哪有站在房顶上跟大夫问好的礼数？你这赶马的不至于这点礼貌都不懂吧？下来！”

“房顶飞了你就满意啦？”

“你说房顶怎么了？”

“这个大风啊，唔唉唉，”屋顶上的男人大声回应着，“别生气啊，管事先生，刚才我说‘唔唉唉’可不是叫你的名字卯兵卫，那是被吓到的时候喊出来的‘唔唉唉！’① ”

“别闹了！浑小子！”

“你上来看看就知道啦，”屋顶上的男人吼道，“这个房顶从一个小时前就咣啷乱响，我得在这上面当镇石啊。不然我一走，房顶就被大风卷飞啦！”

去定笑道：“弥助，那你打算在房顶上待到风停吗？”

“没法子啊，”屋顶上的男人道，“我还欠着租子呢，也不打算搬出大院。没事儿，大夫您别担心我！”

“真是个傻小子，”卯兵卫道，“就知道耍嘴皮子，在上边儿踩空了我可不管！”

屋顶上的男人又说了句什么，但他们除了“唔唉唉”之外一个字也没听清。卯兵卫咂咂嘴，一边训斥在狭窄的路中间玩闹的孩子或者叮嘱在檐下烤鱼的妇女，一边领着去定一行人来

① 日语中表示惊叹的语气词，谐音“卯兵卫”。

到了十兵卫的住所。

十兵卫四十一岁，有妻子美纪和一个七岁的女儿小留。十兵卫是叫卖女用小物件的商贩。马食町有家叫“森口屋”的商店，批发袜子、细筒裤、女子用的小物件等。十兵卫从前在那里帮工，在他二十一岁快出师的时候，被女人欺骗亏空了大笔钱。因此，他没能开起森口屋的分铺，不但十年帮工的努力打了水漂，人也被赶出了铺子，所幸在掌柜的情面下没有被抓起来。之后五六年尝试了各种工作，在给荞麦面店当送面的伙计时遇到美纪，并与她结了婚。成家后，他定下心性，去马食町的店铺道明了自己的打算。森口屋的掌柜同意了，答应把货物借贷给他售卖，每次限期六十天。

那之后的十五年里，他不仅在城内经营，甚至凭着毅力，挑着货担高声叫卖到了江户城外。十五年间，他依凭着“忍耐”的本性，努力维持生计。家里添了三个孩子，但是年长的两个孩子都在四五岁时死了，美纪也因为生产身体虚弱，所以直到现在，他们一家都没能搬出租屋。大约七天前，十兵卫带着女儿小留去澡堂的时候，突然变得古怪起来。他帮小留脱了衣服，一起去冲澡时，小留脚下一滑摔倒了。十兵卫立刻殴打起在一旁洗澡的男人。十兵卫揍完那个男人，抱起女儿，用平静的语气对她说道：“你看，你摔倒了，那边的叔叔多担心你啊，以后走路小心点儿。”

他的举止过于怪异，挨揍的男人甚至顾不上生气，愣在一边惊讶地看着他。从澡堂回到家，他翻出了一块长约一尺的四方木板，兀自拿过粗孔竹篓，把木板搭在屋子一角的房梁上，将竹篓倒扣在木板上，然后坐在那里一动不动。美纪不知道他在做什么，就问他怎么了，他“嘘”一声制止了美纪，压低声音道：“别出声，这可是价值千两的黄莺。”

“黄莺?”

“终于到手了，你听，它在叫呢，这是价值千两的鸟鸣啊。”

十兵卫仰头望着房梁一角，欢喜又入迷地听着“黄莺鸣啼”，悄声对美纪道：“这下可不用再过穷日子啦。”

从那以后，十兵卫再也不出去赚钱了，除了睡觉和吃饭之外，整天安静地坐着注视着竹篓。有时候半夜起来，担忧地侧耳倾听，随后像放心了似的独自颔首，然后便那样坐上一整夜。美纪一央求他出去赚钱，他就露出诧异的表情，不断重复说：“不需要出去赚钱了，只要卖了这只黄莺，我们就一辈子不愁吃穿啦。”

这些都是管事卯兵卫说的。他们到了十兵卫的住处，去定为他做了检查，却没有发现任何疾病。去定敦促阿登也来诊断一下。阿登让竹造拿出提灯的蜡烛，点上火后就着烛光检查了十兵卫的瞳孔。

“各位以为我疯了吧，”十兵卫用怜悯的语气道，“真是遗憾，你们弄错了，我生来就这样，没有看过一次大夫，你们检查也是白费功夫。”

这时窗外传来孩子们的声音，喊着“喂！小偷!”，似乎是三四个人在嘲笑谁，不时能听到他们叫着“长次是个小偷”“揍阿长那个混蛋”之类，还能听到“咔嗒咔嗒”踩踏木板的声音。

“又来了，”卯兵卫在门口咂嘴，“怎么就知道欺负阿长？这帮孩子真难管。”

说完他便出门了。

阿登检查完，朝去定轻轻摇头。去定仰头看向房梁。天色已晚，提灯被熏得发黑，照得屋子里阴气沉沉。房间里空空荡荡，只有一套破旧的家具和一个佛坛，另外还有三个堆起来的四方包裹（像是贩卖的货物），隐约能够看到一角的房梁上架着木板，上面倒扣着竹篓。

“那里，”去定问十兵卫，“那个竹篓里面有什么？”

“嘘，”十兵卫打断他，压低声音道，“别出那么大声啊，还问有什么，你看不见吗？”

“我什么都没看见。”

“眼神儿真差，看不见也没办法。”十兵卫说着竖起一根手指，歪着头对去定耳语道，“这样，眼神不好没关系，耳朵总能听到吧？来，听听看，能听到吧？”

去定沉默不语。

“这可是价值千两的鸟鸣呢，”十兵卫对去定耳语道，“很快就会有人来买了。”

没过多久，去定起身小声对美纪道：“我还会再来问诊的。”然后便出了房间。这时卯兵卫回来了，同他们一起走出家门，天已经黑了，竹造点燃了提灯。

“刚才孩子们吵着说长次是个小偷，”走上大路时，去定问道，“是之前看过病的五郎吉家的孩子吗?”

“正是他。”卯兵卫答道，“这片租屋来了个坏女人，就爱嚼舌根，爱传闲话的大娘和孩子们也跟着她瞎说，整天欺负弱小。”

“五郎吉的妻子身体还好吗?”

“毕竟都那样了，倒也不能整天躺着，好像还干着活呐。”卯兵卫道，“有时候还……十兵卫怎么样?”

“不好说，”去定说着偏头避开大风吹来的沙尘，“叫保本时不时来看看，还得多观察一段时间才能确诊，不过不用担心会恶化。”

说完，去定一行人踏上了回程的路。

二

回养生所的途中，去定问阿登为什么要检查十兵卫的眼睛。阿登回答说，这是他在长崎时荷兰大夫教给他的。如果脑袋里长了肿瘤，会出现与十兵卫类似的症状。这种情况下用光照着眼睛检查，就能看到瞳孔无规律地颤动。但是检查过后并没发现十兵卫有这个迹象。

“那么，你认为他是什么病?”

“毫无头绪，”阿登答道，“身体完全没有异常，也没看到梅毒等顽疾，我猜测可能是无意识地装病。”

“诊断绝对不能想当然。”

“不，不是想当然，我是从他的生活环境推断出来的。”

他努力赚了十五年的钱，到现在却还过着苦日子。两个孩子死了，总也盼不来安乐的生活。他已经四十一岁了，要摆脱现在的生活这种强烈而持续的愿望不知不觉中使他的头脑发生了变化。阿登说：“千两黄莺的妄想正显现出他的夙愿。”去定沉默了一会儿，最终只是淡淡地说有空就去回诊，对阿登的诊断不予置评。

过了五六天，阿登告诉去定他打算到那处大院去，去定照例包了些钱，让他转交给卯兵卫，并补充道：“那个大院的水井旁边有个叫五郎吉的短工，那家人身体都不好，你顺路去给他们看看。”从那时起到十月初，阿登一共去了五次“伊豆大人背后”的大院。十兵卫被大院里的人叫作“傻莺”，他还是整日端坐，凝视着房梁上的竹篓。

这些日子里，阿登也渐渐了解了五郎吉一家。除了次子长次，五郎吉、他的妻子小文，还有另外三个孩子，都胆小怯懦，没能和阿登熟络起来。五郎吉比小文大一岁，今年三十一。长男虎吉八岁，长女美代六岁，次女小市四岁，前三个孩子都各差一岁——长次七岁。第一次见面的时候，长次就黏上了阿登。每次一见到他来就扑到他身上，跟前跟后寸步不离，一直到他离开。阿登第二次去的时候，长次刚好捡了满满一篓的银杏果，他把银杏果展示给阿登看，悄悄地对他说：“下次也给大夫一些。”

“哪儿来的这么多啊？”

“伊豆大人家里的，”长次道，“伊豆大人的院子里有好大一棵银杏树呢，风一吹，银杏果就落到了围墙外边儿。”

“真是不少啊。”

“我捡的最多了。”长次边说边在后门边上挖了个坑，将那些散发着草臭味的果子埋了起来，“大家都去捡，但是我捡的比他们都多，明天我还要去呢。”说完他又夸张道：“这能卖不少钱呢。”

阿登露出不解的表情，慢慢地岔开话题。

“为什么要埋进土里呢?”

“在土里埋个六七天，上面那层发臭的皮就会烂掉、脱落，这时候再把果仁拿出来，洗一洗晾干。”

这时一个女人路过这里，用露骨、色情的眼神向阿登点头致意。她看起来二十八九岁的样子，膀大腰圆，身材没有曲线，肩膀以下直到腰部都是一样宽。她面部扁平，颧骨高高突起，脸上浓妆艳抹，显得十分下贱。稀疏的茶红色头发挽成结，用廉价的头油抹得锃亮。

“是保本大夫吧，”女人的声音粗哑得吓人，“小女住在大院对面的角落，名叫小绢。最近头痛得要命，能顺路来给小女看看吗?”

阿登沉默着点点头，立刻进了五郎吉的家。回去的路上，阿登顺便去了管事卯兵卫家，卯兵卫的妻子小立摇着头告诉他，那个女人可不是善茬。

“这女人可不得了啊，”卯兵卫也在一旁插嘴道，“她可是个老狐狸精，在千住的烟柳巷一直干到满期。我开始不知道，就租了间空屋子给她。就因为她，从四月开始，这个大院就纷争不断，没完没了的。”

“她说她叫小绢。”

“就是她，”卯兵卫道，“这个小绢太吓人啦，整天打扮得像条大花蟒，我成天提心吊胆的，就怕她哪天动起刀来。”

小绢交往的人很复杂。

她在千住工作时，结识了三个常客。和其中一人立下了婚约，但直到小绢干满工期，那个男人还是没有养家糊口的能力，不能自立门户。于是小绢便使用手段哄骗一位叫留吉的客人，在这大院里买下一间屋子，把她当作小妾养着。留吉在池之端七轩町开了一家榻榻米店，五十二三岁的年纪，是个难得的好人，在这大院里养外室，根本就是受了那女人的牵制。他的生意并不景气，但架不住小绢撒娇任性，只好想方设法筹措金钱和物什。那女人却拿这些来养和自己立了婚约的男人，留吉丝毫没有察觉。那个男人，是游手好闲之徒，比小绢小五六岁，经常用手揩鼻涕，一副不受约束的豪放模样。小绢十分得意他，总和大院里的人炫耀，称他为“我家那位”，但只字不提他的住所、职业和姓名。“我家那位”大多白天来，小绢一见到他立刻就像丢了魂似的，忙活着准备酒菜，就算是酷热的三伏天里也要紧闭门窗。若是能安静些也好，但她就像脱缰野马似的，异常亢奋。她的屋子里经常传出咣当、轰隆的声音，还有怒吼声和哭叫声，简直要把房顶掀了。那些见多不怪的邻居也吓破了胆，不明所以的小孩子们总是惊恐地说：“阿姨要被杀掉了。”闹过一场后，小绢又会爽朗地到处和街坊四邻的妇女说：“我惹怒了我家那位，可是遭了不少罪呢，你们是不是听到哭声了呀?”

不仅如此，她还不放过大院里的男人。不管老少，只要逮到机会便色诱。每次有事外出，都会带回陌生男人。也许是为了掩饰自己的劣性，她开始在大院里到处串门，背地里说人坏话，而且都是特别恶毒的话，例如“那家的妻子和别人有一腿”“某人吃过牢饭”之类。她诽谤的对象都是大院里特别贫困、胆小怕事的人家，“谁谁是小偷”是她最常说的话。

“最近她开始说五郎吉家的坏话了。”卯兵卫重重叹了口气，“光是男人进出就让人觉得随时会出乱子，一想到这个，我就坐立不安，真不知道该怎么办。”

“为什么不把那种女人赶出去?”阿登问道。这时卯兵卫的妻子出去了，卯兵卫做了个无奈的动作。

“哪有那么简单，”卯兵卫长叹道，“能赶出去的话，早就赶出去了。”

阿登想起小绢的样子就脊背发凉。她的身躯像石磨盘一样结实，红色的小发髻抹得油光发亮，扁平的脸涂得雪白，颧骨高高突起，还有毫不加掩饰的下流眼神。

那种女人也是有的。

阿登听了许多小绢的劣行，感到十分厌恶，只好这样安慰自己。每个出租大院都有一两个像十兵卫那样脑袋有问题的人，也有像小绢那种不知廉耻、挑拨邻里关系的女人。

“不是她本人的错。”去定一定会这样说的吧。

“虽然不知道那妓女做了多长时间，但做到满期的过程中一定遭遇了常人难以想象的事。就算是家境富裕、高人一等的女人，也有生来就性格恶劣，不逊于小绢的坏女人。这不是小绢一个人的错，而是贫困、无知和艰难的环境令她变成了那种性格。”阿登猜测去定一定会这样说，甚至仿佛真实地听到去定的声音在耳边响起。阿登疲惫地苦笑了一声。

十月下旬的一天，阿登得到了去定的许可，去探望麹町三番町的父母。大约十天前，他得知母亲因为腿脚不适倒下了。母亲八重今年才四十六岁，三十岁前后右脚患了痛风，从此便成了顽疾，每到换季时就会痛，经常一躺就是半个月或一个月。去年，阿登从长崎一回来就去了养生所，一整年都固执地没有回家。这次回到三番町，他总觉得心情十分沉重。但他不能一直坚持不回去，而且和天野家的事也需要谈一下，于是阿登心一横回了家。

到家时是正午，父亲良庵外出去了患者家，只有一个阿登不认识的书生站在玄关。听说母亲正睡着，阿登便直接去了寝室，一个年轻的姑娘坐在母亲枕边，正给她读着什么。阿登立刻认出她是天野雅央，吓了一跳。雅央没想到阿登会来，瞪大了眼睛看着他，张着嘴巴“啊”了一声，立刻放下正在读的小说，红着脸跑开了。

三

阿登只在家里待了半个小时左右，没等父亲回来就从三番町回到了养生所。

母亲的病是痛风旧疾，之前只有右腿膝盖患病，这次疼痛从大腿蔓延到了腰部，不能随意起坐。天野听说了，便让雅央过来照顾。雅央来养生所时，阿登没有见她，所以只依稀记得她少女时的模样。她和姐姐千草不论是身材还是长相都不一样。雅央身材清瘦娇小，却毫无病态，动作举止像小母鹿一样伶俐。她的下巴有些前突，长相可人，小脸像清澈溪流的水面一样，流露着因为心思敏感而不断变化的表情。

姐妹之间竟然也会如此不一样。

雅央和千草大相径庭。她容貌出众，举止优雅稳重，让人不由得联想起色泽艳丽、芬芳浓郁的鲜花。更加不可思议的是，比起千草，阿登现在更喜欢雅央，甚至可以说被雅央深深吸引了。对此，就连阿登自己也吓了一跳，觉得很不好意思。当母亲无意中提起结亲的事时，阿登只是冷淡地说“过些时间再答复”，又立刻把话题转向了养生所。

“见到你的样子，我总算放心了。”阿登离开时，母亲说道。

她看到阿登聊天时热情的样子，就知道他对被安排进养生所的事已经不再心怀怨恨了。她放下心来，虚弱地微笑道：“你不在的时候发生了那种事，我担心你的脾气，刚好那时新出大夫提议让你过去，我还想你肯定为此生气了。”

“都是过去的事了。”阿登笑着说，“进了养生所，我反倒觉得是件好事。”他叮嘱母亲除了要给患部保暖外，还要保持大小便通畅，尤其要注意排尿规律，又嘱咐了一些饮食上的注意事项。然后阿登便向母亲道了别。雅央送到玄关，阿登对她说：“母亲就拜托你照顾了。”雅央目不转睛地看着阿登，说：“多回来看看你的母亲。”

出了门，走在路上时，阿登沉浸在幸福的感觉中。方才在玄关，她双手举在胸口仰视自己时，用力眨了两三下眼睛。阿登觉得那时她的小脸就像结着露珠的花瓣一样，既水灵又充满了朝气。

“那双眼睛，”阿登边走边喃喃自语道，“从那双眼睛里能看出她机灵、聪慧又敏感的性格。”

千草呢？一想到她，阿登非常决绝地用力摇了摇头。并非他对千草的印象淡薄了，而是他现在不但对千草毫无眷恋，甚至还有些厌恶。

“这是因为我有所成长了吗？”阿登又喃喃自语道，“肯定是的。在养生所经历的事情，或多或少也让我成长了吧。是啊，对我来说这是件好事。”

从某种意义上来讲，阿登见过了人生的正反两面。尤其是他亲眼见到了生活的不幸、贫困和病痛，也见到了饱受生活之苦的人表现出的赤裸人性。在这些经验的基础上，他渐渐练就了分辨千草和雅央的判断力。

“算了，别这么愤慨。”阿登顿了一会儿，模仿去定的口吻自语道，“现在我喜欢上了雅央，无须如此愤慨。这不丢人。”

他为自己的想法红了脸，为了重振精神，他决定充分利用今天剩余的时间。此时还不到下午二时，阿登没有回养生所，而是绕去了“伊豆大人背后”。

阿登想先去看看十兵卫怎么样了，路过管事家门口时，卯兵卫冲出来叫住了他。

“我正打算差人去一趟养生所，”卯兵卫的声音有些惊慌，“大事不好啦，你快跟我过去，他们一家自杀了。孝庵大夫紧急处理过了，啊啊，不是，不是十兵卫家。十兵卫还好好儿地盯着黄莺呢，呃，是五郎吉家。”

“用什么自杀的？刀吗？”

“毒药，”卯兵卫一边带着他冲进小巷，一边用仍然颤抖的声音道，“孝庵大夫说是服了耗子药，吐出来的东西很臭，家里到处臭气熏天。”

四

五郎吉一家服了灭鼠药。据说是由石见银山①生产的东西制成的灭鼠药。夫妇二人勉强得救，小女儿小市却死了。阿登去

---

① 石见银山：位于日本岛根县大田市，是日本战国时代后期、江户时代前期日本最大的银矿山。

看时，其他三个孩子也都生命垂危。房间里弥漫着硫黄和食物酸腐的臭味，阿登稍一不注意也会吐出来。

“对不起，”长次见到阿登，立刻用异常沙哑的声音断断续续道，“对不起，大夫，原谅我吧。”

“你干吗道歉啊，”阿登向他露出微笑，“你又没做错什么呀。”

长次喉咙哽咽，隐约说了“银杏”两个字。他似乎发不出太大的声音，于是阿登把耳朵凑到了少年旁边。只听长次道：“上次我答应给你银杏果，我没做到。”他说他没有忘，而且记得很清楚，但是他妈妈要去买小麦粉，钱不够，不知不觉就把银杏果都卖光了。

“没事儿，阿长，”阿登摇摇头，尽量让自己的声音听起来很洒脱，“我又不喜欢银杏果，而且我一点儿也不记得啦。纠结这点小事儿可不像个男子汉啊。”

“下次我捡到了再给你，”长次道，“不是今年，就是明年。拉钩。”

“好，拉钩。”

二人将右手小指钩在一起晃了晃。阿登感觉到长次的手指像火苗一样热，但却毫无力气。“明年，说好啦。”阿登在心中喊道，“为了说到做到，就得努力活下去，挺住啊，阿长，现在可不能因为这种事情死掉。”阿登把需要调配的药品名目写在纸上，让跑腿的人拿到养生所，并且和那人说明了原委，让他转达今晚自己可能会留宿大院。下午四时左右，六岁的美代死了，日落后长男虎吉也死了。他们死后，阿登立刻避开旁人，将尸体搬到了管事家。只剩长次一个孩子还活着。五郎吉和妻子小文似乎知道了，他们什么都没说。阿登自己调配了养生所送来的药，煎好后让他们喝下。长次一点也不肯喝，夫妇二人也沉默着拒绝了。

“知不知道大家都在担心你们？”阿登终于忍不住发了火，“给大家添了这么多麻烦，还要让大家白白揪心吗？”

终于，五郎吉和小文服下了药。

太阳落山后不久，一位叫野原孝庵的大夫过来探病。他是个四十岁左右的胖男人，丝毫不在意一旁的阿登，一来就给夫妇二人和长次做了大概的检查，然后一脸凝重地离开了。没过多久，管事卯兵卫来了，说道：“来一起吃晚饭吧。”阿登肚子饿了，便把病人托付给来帮忙的邻家妇女，和卯兵卫一起去了他家。晚饭是小麦饭、炖鱼、味噌汤和腌菜。卯兵卫边吃边讲述了这天发生的事。

早上七时左右，五郎吉带着妻子说要去浅草寺参拜，关上门出去了。那时二人没有任何异常。一家人去浅草寺，这件事并不常见。不过即使有些奇怪，街坊四邻也不会察觉到什么。

“说去浅草寺是骗人的，他们很快就回来了。”卯兵卫道，“但是没人见到他们回来，也没人见到他们进了家门。那会儿水井旁边很热闹，没什么人待在家里，故意避人耳目不是什么难事。”

过了中午，隔壁家叫小慧的女人听到五郎吉家传来奇怪的呻吟声和孩子的哭闹声，之后便引起了巨大的骚动。

“可是，为什么？”阿登放下筷子问道，“他们一家为什么突然要自杀？”

“不知道啊，”卯兵卫立刻道，“过着这种生活的人，自杀的理由能堆成山。太可怜啦，只要有个契机就想死的人可不少啊。”

阿登谢过招待，刚要起身时突然想到一件事。

“那个叫孝庵的大夫来过你这儿吗？”

“来过了，”卯兵卫皱起眉，“来问医药费由谁付。对病人的情况只字不提，就知道说医药费多少钱，什么时候付，谁来付。当时情况紧急，没办法才找了他。医术不怎么样，算钱倒是很精明，附近的人都这么说他。”

“没那回事，他处理得很好。”阿登道，“很少有人能迅速地进行那样的治疗，你们冤枉他了。”

阿登出了门。天空阴云密布，寒风刺骨。大院里的人家都紧闭大门，只有零星几家亮着灯。走在路上，翘起的木板咯吱作响，回音大得吓人。快走到五郎吉家时，阿登突然感到毛骨悚然，停下了脚步。对面传来一阵恐怖的声音，那声音含混不清、缥缈虚幻、阴森可怖，听起来就像有人从地下呼唤他似的。

“怎么了？”身后传来一声询问。阿登吓得几乎要跳起来。他认出那是卯兵卫，但还是吓得不轻，全身汗毛倒竖。

“啊，那个啊，”卯兵卫注意到对面传来的声音，笑道，“您可能还不知道，一起去看看吧，那些都是大院里的妇女。”

卯兵卫迈开步子，阿登跟在后面。六七个女人拿着提灯，站在水井旁，两人一组交替着朝井里喊着什么。

“阿长呀——，长次呀——”

她们把尾音拖得很长，虽然只是喊“阿长呀——”，但语气与平日不同，哀婉悲凉如哭诉一般。再加上水井深处混沌的回声，就算亲眼所见，还是让人感到脊背发凉，毛骨悚然。

“她们在召唤长次，”卯兵卫悄声道，“因为水井通向地底，那样呼唤濒死之人就能把他召唤回来。”

天上没有一颗星星，寒风吹过昏暗的小巷。风不大，但却像预示着冬天的到来一般，寒冷彻骨。女人们如泣如诉的呼唤回荡在深井中，阿登静静地听了一会。传口信的人说去定会来，却始终没有出现。阿登在五郎吉家待到十一时左右，周围人劝他休息会儿，他便回到管事家躺下了。阿登有换了枕头就难以入睡的毛病，本以为会睡不着，但他在脑海里描绘着雅央的样貌，想着什么时候答应这门亲事，感觉自己被暖暖的幸福感包围起来，不知不觉竟然睡熟了。

清晨三时，阿登被叫醒了。

“打扰您休息了，您快起来吧，”卯兵卫道，“长次那小子非说要见您呢。”

阿登坐起身道：“病情有变化吗?”

“不知道，那孩子什么都听不进去，非要见您，好像有些不清醒。”

“多久了?”

“四个半小时了，”卯兵卫胡乱合上睡衣的领子，“弥平的媳妇过来接您了，您能去一趟吗?”

"嗯，我换件衣服。"阿登站起身。

等着他的是庙会商贩弥平的妻子，名叫小慧，四十二三岁的年纪。她是五郎吉一家的邻居，也是发现他们一家自杀的人，那天起便一直寸步不离地照顾他们。她性格刚强，像个男子汉，不仅麻利地指挥着几个妇女做事，而且帮忙处理了孩子们的尸体，照顾活下来的五郎吉夫妇和长次，关照得面面俱到，甚至连端茶倒水都留意到了。但是真正令阿登惊讶的是她惊人的豪放，嘴里说的都是他从没听过的粗话。

"你这个腰怎么回事儿?"在整理五郎吉的寝具时，小慧用男人一样的声音朝拽着另一边被角的女人吼道，"你得再把屁股抬翘一点，屁股。"

那时，阿登都觉得害臊。但是，此时拿提灯照着脚下，领着阿登向前走的小慧却像变了个人似的安静温顺，还有些垂头丧气。

"那孩子能救回来吗，大夫?"小慧边走边道，"阿长能救回来吗?"

"挺过今天早上就能活命。"

"唉，"小慧深深叹了口气，"当初来跟我商量一下就好了，小文太见外了。她怎么会做那种傻事?"

五

小慧忽然停下脚步，用围裙捂着脸，向阿登哀怨道："我和小文一直都像亲姐妹似的相处着。大夫，我也是熬过一天算一天，所以从来没说过要帮衬她之类的漂亮话，但是到现在为止，不论多小的事儿我俩都互相倾诉，一起商量着来。我俩连一碟盐、一匙酱油都互相分着用……”小慧为了止住呜咽，沉默了一会儿：“我俩比亲姐妹还亲，生死大事怎么就不和我说呢？还拉上孩子一起死，要是发生了什么让她非得这样做的话，来和我说说不好吗？”

阿登沉默不语。他见过许多这样的人。穷困潦倒的人们把彼此当作依靠。别说幕府了，世上的富人们，也不会为他们做些什么。穷困潦倒的人只能依靠同样穷困潦倒的人，或者是同住在一家大院的邻居。另一方面，人终究有强弱之差，有羡慕和嫉妒，有虚伪和傲慢。一直勉强维生的人对这些情绪丝毫不加克制，总是赤裸地将它们表露出来。就算有些人关系好到平日里能够毫不难为情地借一匙盐，也会因为一些微不足道的理由——例如他向自己啐了口吐沫、不喜欢他早上打招呼的方式、他莫名摆起了架子之类——而突然翻脸，对其产生仇敌般的憎恶。生活富足的人或许无法理解他们舍己为人的深厚情谊，同时也一定无法理解他们朴素而露骨地表达虚伪、傲慢、自尊、憎恶等情绪的方式。

连一匙盐都互相借着用，关系比亲姐妹还亲，却无法吐露不得不寻死的理由。

因为贫穷而对对方生出过度的客气吗，又或是顽固的、不合乎道理的自尊心作祟？不论原因如何，五郎吉夫妇一定有不能对他人诉说的理由吧。阿登心想："小慧没有立场责备他们，并且小慧自己也一定明白这个道理。"

"哎，大夫，"小慧重新迈开步子，"求您了，一定要救活阿长。那三个孩子已经死了，也没什么办法，但至少救活阿长吧。"

"我试试吧，"阿登答道，"我会竭尽全力的。"

在五郎吉家，除了小慧外，还有两个邻家的妇人在彻夜照顾。阿长睁大了双眼，张开嘴，急促地呼吸着。他仰面躺着，偶尔左右摇头，发出无力的呻吟。

"长次，"阿登坐在他枕边，叫人拿来提灯，仔细观察长次的脸，"是我呀，怎么了？"

"我，偷了东西，大夫。"长次的声音沙哑得让人发冷，"我想告诉您这事。"

"这种事以后再说也行啊。"

"不行，现在就得说，现在，所以才，请大夫过来。"他说话的语气像大人一样，"我，把岛屋家的墙根……大夫，您在听吗？"

"我在听呢，长次。"

"我把岛屋家墙根的木头扒回来了。"长次道，"我错了，我，还偷了别的东西，所以，爹娘生气了。他们说，完了，家里出了我这样偷东西的孩子，邻居家都说我是小偷，完蛋了，所以，一家人，一起死。我要喝水……"

阿登看向妇女们。小慧拿起茶杯，阿登道："用干净的棉布。"他认为长次吐出毒物时，喉咙已经溃烂，无力吞咽。小慧洗净了手帕，将一端沾了水送了过来。

阿登将手帕一角搓成小团，送进长次的嘴里。

“吸一下，”阿登道，“用舌头慢慢地吸，轻轻地，对，轻轻地。”

但是，长次剧烈地咳起来，把吸进去的一点水和恶臭的东西一起吐了出来，虚弱地蜷曲着身体。

“是我的错，大夫，”稍微平静了一些后，长次继续道，“原谅我爹娘吧，嗯？原谅他们吧，大夫，好吗？”

“好，”阿登握着长次的手，“我一定会原谅他们的，睡一会儿吧，说话会难受的。”

“我想喝水，”长次道，“但是不行，一会儿才能喝，对吗？”

“一会儿就好，一会儿就能喝了。”

长次闭上眼。他的眼睑没有合上，还能看到眼白。他的鼻翼两侧呈现出紫色的斑点，呼吸变得更快、更短促了。

“大夫，”小慧惊慌地怯声道，“人快死的时候才这样呼吸吧？我知道的，大夫，没错吧？快死的时候才这样呼吸吧？大夫，求您想想办法吧，还有办法的吧？”

“就让他这样死了吧。”小文的声音从另一边传来。

大家吓了一跳，转过头看她。五郎吉和小文到现在都没说过一句话，只是在床上躺着，几乎一动不动。然而，小文却突然发出了非人似的、沙哑粗糙的声音。大家转头一看，小文仍然仰面躺着，双眼紧闭。

“我知道这孩子是小偷，”小文缓慢无力地说道，“就算小绢不说，我也知道。没办法啊，不是阿长的错，实在是没办法了啊。”

“你说小绢，”小慧凑近道，“那个女人说了什么吗？”

“让那孩子死了吧，”小文道，“就让他这么悄悄地死了吧，这也是为了那孩子好啊。”

“小文，”小慧盯着她，激动地问道，“你跟我说清楚，那个丑八怪都说阿长什么了？啊？那畜生都说他什么了？小文！”

小文皱起眉道：“我家那位被岛屋大哥叫去了，那时小绢也在店里，她说看到阿长偷东西了，可以当证人。”

“那个色鬼说的也能信？”

“别说了，错在我们，小绢没有错。”

“混蛋，”小慧说着起身，眼神凶狠地盯着远处，“那个淫乱的发情母狗，那个畜生，居然干出那种混蛋事！”

“不是的，小慧，”小文哀求地说道，“给你添麻烦了，对不起。你们就别再管我们了，阿长那小子，就让他那样死了吧。”

长次在黎明时死了。

那时，五郎吉和小文似乎都睡着。妇女们互相用神情交流着，小慧抱起长次的尸体去了管事家。大家在管事家为死去的兄弟姐妹四人擦净身体，穿上寿衣，将他们搬到了卯兵卫家隔壁的空屋。这些阿登后来才知道。在长次被搬走后，阿登默默地在心里想：这下兄弟姐妹就团聚了，来，大家手拉手，好好地去吧。

房门口，被熏得发黑的纸门隐约透出一丝光亮。天冷了，阿登坐在屋里，感觉膝盖和脚趾都被冻透了。他熄灭了提灯，点燃了火盆里的炭。

“大夫……”小文道，“那孩子受苦了吗？”

“没有，”阿登从火盆上收回手，“没有，他没受苦，走得很轻松。”

“他没受苦吗？”

“听说死的时候感觉不到痛苦，”阿登道，“他的大脑中了毒，旁人看着似乎很痛苦，但是本人什么都感觉不到。而且，长次走时也没有表现出痛苦的样子。”

小文看向了丈夫。看了一会儿，她又把脸朝上，用客气的语气道：“麻烦您了，给我些水吧。”阿登拿起了煎药用的土瓶，转念一想，从冷却的水壶中往空着的小茶壶里倒了一点水，拿给了小文。

“小心些，一点一点地啜着喝，”阿登嘱咐道，“从壶嘴直接喝比较好，不小心的话喉咙会痛的。”

小文大幅度地歪过脖子喝水，并没有呛到。五郎吉发出了睡觉时的轻喘声。那轻喘声不像是疲惫力竭之人发出的，倒像是精神和肉体得到了解放后，安稳熟睡之人发出的。小文默默地转过去，久久地望着丈夫的睡颜。

“这是他第一次睡得这么熟，”小文用沙哑的声音低语道，“我们在一起差不多也有十年了，他第一次睡得这么舒服。”

六

“为什么不成全我们，让我们死了呢？”过了一会儿，小文如此说道。

“为什么啊，大夫?”小文望着屋顶道，“我想了又想，除此之外没有别的法子了，才选择一家人一起死的。我是真的没有别的办法了，为什么大家不肯成全我们呢?”

“这种死法，”阿登顿了一下，继续道，“这种死法不妥，折断自己生来既有的寿命是罪过，而且还带着那么小的孩子一起死——大家当然不会坐视不管了。”

小文沉默了。过了很久，她都一动不动，也一言不发。终于，她为了缓和喉咙的不适轻咳了一声，自言自语似的慢慢低声诉说起来。

五郎吉生在深川，小文生在板桥。两家都很贫困。五郎吉七岁、小文五岁时，都有给别人家看护小孩的经历。两家的父母也都是那样长大的。五郎吉的父亲靠沿街卖鱼为生，小文的父亲则干过废品回收、力气活、跑腿打杂等各种活计。五郎吉从十二岁起在药材批发商处做长工。十七岁那年，在仓库卸货时药箱倒了下来，砸了他的脑袋。当时倒是没有任何异状，半年后，症状开始发作了。他会突然意识恍惚，无法辨认事物。他去整理药箱，但是来到货架前却突然不知道自己要做什么、为什么来这里。他为了取货拖了车子出去，半路上突然病情发作，就这样拖着车连续两天不吃不喝，在街上徘徊。

小文在浅草并木町的饭馆做帮佣时认识了五郎吉。那时药材批发商给他放了假，他去藏前帮人扛行李。当时五郎吉二十一岁，小文二十岁。刚认识没多久，他们就私奔离开江户，去了水户。因为那时小文被卖到了冈场所，她对五郎吉说了这事，五郎吉便说“一起逃跑吧”。小文说是她唆使了五郎吉。

“我们在水户生活了三年，这期间生下了虎吉和长次。”小文继续讲道，“我们家的人都胆小怕事，身体也不好，在陌生的地方过不下去了，最后还是回了江户。”

“啊，”小文像是忽然想起了什么似的微笑道，“离开水户前，我们一家去了大洗矶前神社。带着便当，一家人舒舒服服地看了海景，我们从来没有过这么开心、这么舒服的日子，那之后也再没有过。从生下来到现在，那样的经历只有一次。”

回到江户后，他们也从未遇上好事。在这里的三年，五郎吉没有犯过病，但对眼下的生活逐渐厌倦起来。本来他就不是有眼力见儿的人，也没个正经职业，不管做什么都做不长久。这段时间里，美代和小市出生了，小文不管多么勤恳地干活补贴家用，都没法满足家人的温饱。虎吉那孩子迷迷糊糊的帮不上忙，女儿们年纪尚小，只有长次是个机灵的，从三四岁起就靠着天生的聪慧帮衬着母亲。

“他那时真的只有三四岁。大夫您这样的人怕是不能理解吧。”小文道，“晚饭时，食物不够，我总是等大家都吃过才吃。每次在我觉得今天的饭可能不够吃的时候，长次就不吃饭，找理由说肚子不饿、肚子痛什么的。仔细观察就能发现，他是为了我多少能吃上一点，才故意把饭省下的。”

“他那时可只有三四岁啊，”小文重复道，“真是个可爱的孩子。”她的声音有些恍惚。

他们总是勉强维持生计，如果五郎吉连续三天赚不到钱，一家人就立马连稀粥都喝不上。冬天里烧的煤屑也得计算着买，还经常因为没有柴烧饭而发愁。这些长次都知道，所以一见到能当成柴火烧的东西就捡回来。小木块、碎木板、枯枝，就连装米的草袋和草席都捡回家，里面也有像是从工地偷回来的木板、从别家的树上折下来的枝杈等等。然而，小文每日为柴火发愁，别说训斥他了，连一声“不能这样做”都说不出口。

然后就发生了岛屋家那件事。岛屋是大道上的一家杂货商，五郎吉有时会被叫去帮忙，赚一些钱。虽然大扫除、清洗壁板之类的活计一年也没有几次，但那也是一家人期盼的赚钱机会。岛屋杂货店的门店后有一处隐居所，房子虽小仍有个庭院，庭院外围着木墙，木墙下半部分钉着木条。那些木头老朽了，因为钉子锈蚀脱落而变得摇摇欲坠。长次拆下那里的木条，带回了家。宽约二寸、长约五到七寸（因为是折断的），刚好是一小把柴火的量。第二天，岛屋来人找五郎吉，他以为又有活干，就去了。结果根本不是有活干。小绢在店里添油加醋地说她看见长次扒走了木墙的木板，自己就是证人，那孩子一直手脚不干净，有偷窃的毛病什么的。岛屋的当家没说什么不饶人的话，只是警告他以后多加管教。五郎吉回来后，也不出门赚钱，一直呆呆地坐着，最后枕着胳膊睡着了。

“五天前，不，已经是六天前的事了。”小文转动眼睛数着日子，“那天晚上，孩子们都睡了，我丈夫才告诉我这件事。”

五郎吉边说边哭，小文陷入了绝望。之前邻居家的孩子们就经常嘲弄说长次是小偷，这次可不一样。小绢那家伙看见他扒走了别家木墙上的木板，是“证人”，还在人前直截了当地说他从以前开始一直手脚不干净，有偷窃的毛病。

“那天晚上，直到天亮，我俩一直在商量这件事。我们决定后，和孩子们说了，他们也说就这样做吧。”小文用空洞的、毫无感情的语调说道，“但是您别误会，我们不是因为小绢说了什么心怀怨恨而想要自杀的，是因为我们明白活着也是白活，活着只能受罪。”

“从父母那一辈起，我们就一直过着穷苦日子，连个喘息的机会都没有。我俩都没文化，也不能像别人家那样教育孩子。别说教育了，我们还教长次偷东西。从我们父母到我们夫妻俩，照这样下去，我们的孩子也不得不像这样吃苦受累。我已经受够了，真的受够了。”小文虚弱地摇着头。

“孩子们为我们死了，只剩我们夫妻俩，可以随时随地不受打扰地死去了。孩子们为我们死了，我打心底松了一口气。”说到这里，小文疑问道，“我这么说可能不太好，但是大家为什么偏要管我们呢？要是不管我们，我们一家人就能一起死了，为什么要救我们啊？为什么啊，大夫？”

阿登勉强答道：“只要是个人，都必须这么做吧。”

小文笑了。阿登感觉她笑了。或许他听错了，那可能只是呼吸时摩擦喉咙的声音。但是阿登却觉得她笑了。

“能见得我们活着受苦，却见不得我们死吗？”小文在枕头上轻轻摇头，“即便救活了我们，那之后又会怎么样呢？我们到现在所受的苦，能多少变轻一些吗？或者说有一丝这样的希望吗？”

阿登沉默着低下头。

他心想：有人能回答这个问题吗？这不仅是她一个人的发问，也是同样被无穷无尽的贫困逼迫着的、疲惫不堪的所有人的呐喊。对于这个问题，有不敷衍了事的答案吗？有能让他们多少活得像个人样的方法吗？阿登用力握紧双拳，几乎要将指甲嵌进手心里。

“大夫，”过了一会儿，小文道，“外面那些人好像在做什么呢。”

阿登抬起头，听到屋外传来了巨大的响动，还有女人们的叫喊声。这些声音在清晨安静的小巷里显得格外喧嚣。

“是她们，”小文道，“肯定是她们在对小绢做什么，请您去制止她们吧。”

阿登不想起身。

“求您了，去制止她们吧。”小文急切地央求道，“不是小绢的错，是我们不好。求您了，大夫，去吧。”

七

天色大亮，但弥漫起了浓雾，只能看清两三米外的东西。小巷的左右两边，有许多人在屋外烧柴做饭，燃起的火焰旁只能看到不辨男女的影子。火焰将浓雾晕成绯红，一旁的男人们叫住阿登，边笑边向喧闹声传来的方向拱了拱肩膀。

“这帮妇女正解闷儿呢，嘿，”其中一个男人说道，“大家都等着这么一天呢，那女人就是这帮妇女的公敌啊。别管她们啦，大夫，弄不好还会被牵扯进去呢。”

“好像是啊。”阿登停下脚步。

因为雾太大而看不清楚。那是小绢家附近，她家的财物好像都被扔了出去，能听到器物摔毁和女人们扭打叫喊的声音。其中最响亮的要数小慧和小绢的声音。

“真打啊，你，”这是小绢的声音，“还敢用手打人的脑袋，你们这帮人，呸！”

“这个是人的脑袋吗？就这个？”这是小慧的声音，“你只长了腰吧，用腰勾引男人，用嘴杀人，你这个淫乱的杀人犯！就是你！”

“什么杀人犯，哼，”小绢怒吼回去，那声音听起来十分凶猛，一同响起的还有相互殴打的声音，“我说小偷是小偷，怎么就成杀人犯啦！”

“阿长是小偷的话，你就是偷男人的男人强盗！”“咣、咣、咣！”小慧连打带骂，“滚出去！你在这里就是给我们大院所有人丢脸！滚！滚出去！”

“滚出去！你这个魔鬼！”其他妇女的声音也传了出来，“还对我们家宿六抛媚眼，畜生！给我滚！”

“呸，真敢干啊！”

“滚出去！你这个色鬼！去死吧！”

阿登转身去了管事家。

半个月后，五郎吉夫妇离开了大院，走时带着四个孩子的遗骨，没说要去哪里。向照顾过自己的几户人家道了谢后，夫妇二人互相搀扶着离开了。好在有养生所的陈情书以及管事和大院住户的证言，町官对此事没有过多追究。但是仍然要付出一些代价。此事说来话长——

一天，阿登路过“伊豆大人背后”，忽然想去看看十兵卫，便顺路去了管事家，他妻子说卯兵卫临时有事，去了十兵卫家。阿登刚走进巷子，对面就有个女人向他搭话。他见那人是小绢，吓了一跳。她照旧浓妆艳抹，小小的红色发髻上散发着廉价发油的味道。

她堆起满面谄媚的笑容。“啊呀大夫，好久不见呐。”小绢故作娇媚地说，“多亏您有精力过来一趟了，我最近头痛得很，请您一定要来我家……”

阿登当耳旁风一般听着迈开脚步，他好似碰了一条有毒的毛虫，那种下流和恶心令他浑身针扎一样难受。他去了十兵卫家，卯兵卫也在。他便说了刚才遇到小绢的事，问卯兵卫小绢怎么还在这儿。

“我们拿她没办法，”卯兵卫厌烦道，“她说要是我们赶她出去，她就把五郎吉全家自杀、死了四个孩子的事告诉町官。因为五郎吉的事，我们不敢把她怎么样。她要是真说出去，整个大院都要遭殃，大家思来想去，最后还是随她去了。哎呀，真是遇上了个不得了的女人啊。”

阿登胸中怒火中烧。他像是为了摆脱那股怒火，提出要给十兵卫诊察。

美纪起身去准备茶水，十兵卫还坐在老地方，仰头盯着那根房梁。他似乎比先前胖了，肩膀等地方变得圆乎乎的，脸上也长了不少肉。阿登坐到他身边，问他身体状况怎么样。十兵卫马上“嘘”了一声，制止了阿登。十兵卫小心翼翼地将耳朵侧向房梁，然后轻轻竖起一根手指，向阿登点点头。

“听听看，这声音美妙吧?”十兵卫开心道，“就算这黄莺价值千两我也不卖，这叫声多好听啊。这鸣啼……难道不是让人打心里觉得舒畅吗?”

久芽杀手

一

十二月初的一天，下午八时，新出去定和保本登一边聊天，一边穿过传通院的缓坡向养生所走去。竹造走在去定前面，用提灯照着脚下的路，药箱由阿登背着。去定常说“不能让一个人同时干两份活”。医务人员另当别论，但是男女用人、听差等严格执行这条院规。因此，阿登没少背过药箱，就连去定本人也背过。

“累了。”

阿登听去定念叨着，在心里悄悄摇头。去定一旦累了就容易生气。这天病人格外多，他们巡诊了十五个地方，比平时晚归了近一刻。去定似乎正因为疲劳和饥饿而怒火中烧，强烈谴责官僚们废止门诊的无理要求。

养生所的经费削减令和门诊废止令在夏天就已经下达了。那时，去定虽然进行了激烈的抗议，但无功而返，最后政府以去定个人负担费用为条件，默许了开放门诊治疗。因此，去定要比以往接诊更多大名诸侯、富豪和大商人，以此来补贴被削减的经费和门诊病人的药费。然而，几天前，去定又被负责养生所的与力叫了去。与力命令他停止所有门诊治疗，并且对家属有些许赚钱能力的入院患者，要收取伙食费。

“有言道，长者万灯不及贫者一灯①，”去定边走边继续说道，“这话说的是贫者的虔诚才是佛祖所愿。但实则不然。”

“富人供养万灯也有上限，并非永远都能供养万灯。但是，穷人大多连一灯都供养不起，并且，仅凭供养的那一盏灯，佛祖就能永远帮其渡难吗？都说供佛是为来世积德，是通往极乐净土的路。这世上饱受贫困之苦、一生都无法出人头地的人，只能祈求死后踏上极乐净土，来世修得正果。抓住这一弱点，哄骗他们供养一灯，这狡诈的把戏在政治上也有用得很。”

“众所周知，幕府经济靠上缴的年税维持。”去定道，“实际上，支撑其经济的是小商贩、百姓和工匠，具体事例我就不赘述了，这个制度正确与否也不能一言概之。即便如此，幕府还要向酬劳微薄的短工课税，向接受免费治疗的病人收取伙食费，这些行为太不近人情，我忍不了。”

去定用力迈着大步，把地跺得“咚咚”响。

“当然，我在这儿再怎么拼命，也动摇不了幕府官员，”去定道，“就算能说服两三个官员，也改变不了幕府的政治，所以

---

① 出自《阿阇世王授决经》，指贫者以虔诚之心供养一灯，其功德大于长者之供养万灯。

我说的这些也不过是愚蠢的抱怨罢了。源氏也好，平家也好，人只要握住了权力，就一定会颁布保护其权力的法规、执行保护其权力的制度，不论什么时代都是如此……我的这些抱怨，保本已经听了好几次了，想必早就听厌了，你心里肯定在想怎么又开始了吧?”去定提高了嗓门，像是要粗暴地打断阿登还没说出口的话：“别，什么都别说，你心里怎么想的不重要，不论谁怎么想都不重要，就算这些只是愚蠢的抱怨，只要我活着，我也要抱怨到底！我——”

去定说到这里，突然停住了脚步。这是传通院土墙的最后一段，竹造发出了奇怪的声音，把提灯照向土墙脚下的水沟。

“怎么了?”去定问道。

竹造应道：“有个人倒在这儿。”说着便向沟里探去。

“喂，”竹造叫道，“你怎么了？喂，怎么倒在这儿呢?”说着他又往水沟深处探了探，然后大喊起来：“啊！有血！他好像受了重伤，大夫!”

“别碰他。”去定道。

他凑近一看，水沟里倒着一个年轻人。水沟是用石头垒起来的，宽度和深度都不足三尺，沟里没有水，倒在里面的男人动弹不得。去定把提灯凑过去，仔细观察男人的样貌。他大约二十七八的年纪，穿着藏青色的长衣，系着男式窄腰带，衣服破旧，胸和腿都裸露在外。他的发绳断开了，头发披散着，血从头上流过半边脸，一直染到胸口。男人喘着粗气，低声呻吟着，去定叫他，他立刻浑身一震，突然仰面朝上，右手抬至胸口。他手里握着一把长九寸五分的短刀，刀身在提灯的映照下像冰块的切面一般露出锋芒。

“冷静，”去定道，“我是小石川养生所的大夫，你为何受了如此严重的伤？和人打架了吗？”

男人仰起头道：“那边有人！没人在那边吗？”

“没人。”

“我输了，可恶，”男人呻吟道，“就差那么一点儿。”

“打架了吧？”

“本打算杀死一个混蛋，”男人答道，“结果那边雇了护卫，把我打成这副样子。能麻烦您扶我起来吗？”

去定唤了一声“竹造”，从他手里接过提灯。竹造迈进沟里，两手伸进男人腋下，一下子将他抱了起来。男人费了好大力气才站稳，但是右腿突然“咔嚓”一响，他痛呼出声，摔坐在地。去定把提灯递给阿登，凑近男人身边，固定住他的右腿。

“胫骨，”去定道，“应该没断，估计是骨裂。竹造，背上他。”

“你们要干什么？”男人慌张地问道。

“干什么？”去定像是生气了，“都说过我是大夫了。”

“但是，我……”

“竹造，”去定道，“背上他。”

竹造背起那男人，去定迈开了大步。

二

男人名叫角三，二十五岁。他住在小石川音羽五丁目一个叫作“灌下”的地方。去定把他接到养生所检查后，发现他头上有两处伤口，肩膀到后背、腰、腿等共有五六处伤口，胫骨也有裂缝。

去定知道灌下的出租大院。他现在也不时去那里出诊，但是却不认识这个叫角三的男人。

“我从十二岁起就寄养在别人家，”角三道，“我老爹叫加吉，两年前死了。”

“加吉，”去定眯起眼，“那里有八个大院，其中三个连在一起。我记得加吉是住在最里面那所大院里的榻榻米工匠。”

“对，老爹生前腿上患了痛风，行动不便，但脾气却倔得吓人。”角三想要翻身，他皱起眉，用力咬牙忍着疼痛。“大夫……”他似乎想要从疼痛中转移注意力，故意用平静的语气问道，“您认识一个叫多助的老人吗？”

“是那个摆夜摊卖荞麦面的老人吧。”

“对，我想麻烦您派人帮我去他那儿捎个口信儿，”角三道，“我想让一个叫小种的姑娘过来一趟。我有话必须要和她说，让她尽快过来。”

“明天我派人去叫，今晚你还是先睡觉吧。”

“今晚不行吗？”

“你打算杀人来着吧?”去定道，“要是现在去，在町门口问话时被人看出端倪怎么办？明天一早我就派人去传话，今晚你还是老实睡觉吧，不然会影响伤口恢复。”

角三闭上眼睛，说道：“我知道了。那拜托您明早一定要办。”

去定看了阿登一眼，站起来。阿登本想陪床照看，但他从去定的眼神中看出没那必要，于是起身离开了病房。去定原想回自己房间，见到阿登出来了，便道：“麻烦叫人送份饭团过来。”阿登听了这话，想起自己也没吃饭，连忙从连廊去了厨房。

食堂晚上八点关门，八点之后就只能去厨房了。阿登进去后，看到里面只亮着一盏灯，昏暗又空旷的土坯房里，一个男人正在制作类似箱子的东西，小雪站在一边看着他做。阿登拜托小雪做两人份的饭团，这时，他看出那男人是猪之。

“这不是猪之嘛，”阿登道，“别乱用精力，你这是在干吗呢?”

“哎，就是做点事……”猪之含糊道，“大夫您太辛苦了，还要关照我这样的人，外面很冷吧?”

“别转移话题，你在干吗呢?”

“那个，在做便盆的凳子。”

“便盆的凳子?”

“您知道吧，那个叫由美的疯小姐，”猪之说道，“她身子太弱了，用便盆的时候摇摇晃晃的，要是便盆上有个凳子多少能轻松一点。我就试着做一个。”

“是么，”阿登道，“是小杉托你做的吧。”

“这是我的分内事，”猪之底气十足地大声说道，“当初说好了，干这些活儿是我留下来的条件，我不是受了谁的拜托才干的，请不要说些莫名其妙的话。”

“生气了?”阿登笑道，“对不住了，原谅我吧。”

“没那回事，没有。”猪之又涨红了脸，不知所措地挠挠头，“您向我道歉，弄得我太不好意思了。哎，是我把话说重了，我才应该请您原谅啊。”

“我们彼此都很讲礼貌嘛，”阿登说着又笑了，“代我向小杉问好。”

猪之故意把锤子敲出了响声。阿登从小雪手中接过提篮，一面听小雪说过会儿再送茶过去，一面出了厨房。

天亮后，阿登派人去灌下带来了叫小种的姑娘。十九岁的小种看上去比实际年龄大一些，性格沉稳，即便看到角三头上裹着白布也不慌不忙，冷静地听着去定说话。

“再过十天就能下床了。”去定解释过伤情后说道，“腿上的伤还得再观察观察，大概过一个月就能好，在那之前最好不要走动。”

“不能带他回家吗?”

“先在这住五六天比较好，方便治疗，”去定道，“而且，他好像和人打架来着，现在带他回去不太好吧?”

“对，这件事……”

“小种，”角三道，“发生了什么? 高田屋那边来说什么了吗?”

“嗯，”小种答道，“昨天深夜，伊藏带着三个男人来了，说有人想杀水户大人家的少爷，那人肯定就在这个大院里，要求把人交出来。”

“果然是这样啊。”

“他们一家一家查，我就……”说到这，小种顿了顿，似乎是对角三有所顾忌，“我就说你去了丰岛的亲戚家，丰岛那边的亲戚出了事，你在那住一晚，今晚就能回来。”

“干得好，但是那帮人是不会信的，估计昨天就没信。”

“我也想到了，你要是不回来，事情会更糟。”

“他们威胁你了？”

“他们说你要是不回来，就把你落下的证据拿出来，还说整个大院的人都是同谋。”小种咽了咽口水，“他们要把整个大院的人都告上去。”

“好，那我回去。”

“等等，”去定打断他，“看样子我得跟你谈谈了，这到底是怎么回事？”

“您什么都别问了，”角三道，“我不想再给您添麻烦了。”

“麻不麻烦我说了算，你只管把事情和盘托出。”

“你就说吧。”小种道。

角三想翻身侧躺，“呃”了一声，五官皱到一起。他为了忍住疼痛咬紧了下唇。这时，森半太夫来了，说到了为入院患者做检查的时间。

“好，”去定点点头，起身向阿登道，“你问问具体情况。”

三

被称为灌下的出租大院位于音羽五丁目，总共有三栋房子，二十四个房间，住了二十一户人家。租屋的主人是牛入神乐坂的高田屋松次郎。他的父亲叫与七，很久以前在音羽五丁目经营一家小小的典当行，俗称“小当铺”，是连仓库都没有的小买卖。那时他的生意不错，也可能是运气好，买了些便宜的房子和地。没有扩大典当行的店面，而是购置地和房子，这正合了与七的性情。他渐渐积累起了财富，十五年前关了当铺搬到神乐坂，专门经营地产和房屋出租。

从与七还在五丁目开当铺的时候起，准确地说是从十九年前起，他一直把灌下的三栋房子免费租给房客住。不但不收房租，房间里有东西需要修补也是高田屋出面，房客一文钱的负担都没有。角三道：“不仅是与七老爷，这个免费的租约要延续到松次郎这一代，大院当时的管事元助就是证人。”

“他为什么要这样做？”

“肯定是有什么理由吧，”角三道，“现在管事换人了，知道这件事的只有小种的爷爷，可他已经完全糊涂了。”

免租金是大家都知道的事。现任管事是助三郎，负责管理这一片高田屋的土地和租屋，他死去的父亲元助原原本本地告诉了他租约的事。不仅有父亲的交代，与七手写的店铺账本也留了下来。原本出租大院这种地方，房客搬进搬出十分频繁，通常五六年就会换一批新面孔。或许因为免除租金，住户又大多从事与护国寺有关的工作，这座大院除了三间未出租外，只有七间房子换过租户。现在距当初已有二十余年了，老人只剩下多助一个，也已经老糊涂了。即使那样，高田屋的租约却无人不晓。

但是，这事突然出现了变故。

这年五月，高田屋的与七死了，独子松次郎继承了家业。松次郎二十三岁，去年秋天娶了媳妇，生了一个男孩。

“上个月，不，是十月末，那个叫松次郎的来了，说要把大院清空。”角三继续说道，“他带了三个混混模样的男人过来，说要拆了出租大院，让二十一户人家全部搬出去。”

“他不知道这个租约吗?”

“他说知道约定，但是没有书面证明，而且房客已经白住了十九年，父辈的事情他不清楚，所以不可能遵守这种过时的租约，根本不容商量。”

阿登露出为难的表情：“我觉得这事有点难办，难办啊。”

“是因为那家伙说的也有点道理吧。松次郎把我们赶出去，不是因为缺钱，而是另有打算。”角三道，“他要把灌下一带的房子拆光，翻新地皮，把饭馆、茶馆还有冈场所集中过来。护国寺的僧人也知道这事。”

“很有可能。”阿登心想。宗教和花街柳巷总是不可思议地绑定在一起，浅草寺、根津权现、赤坂的冰川神社、芝大神宫……随便一数，这些地方周边都有花街。护国寺元禄年间在幕府分配的价值一千三百石的领地上建成。曾有某位将军家的遗孀虔诚皈依护国寺的传说，但因为周边寂静、寺历尚浅，所以寺庙的香火并不旺盛。因此，寺中自然会有僧人希望周边能够有花街柳巷的名堂。阿登心想：的确，很有可能是这样。

“这样一来，就更难办了。”阿登道，“当然，我会去和新出大夫谈谈。但既然都已经白住了十九年，不如干脆搬去周边的其他地方住吧?”

“唉，说的也是。”

“与其惹上那样的麻烦，还不如搬到别的地方去，重新开始。”

“这样是更好一些，”角三无力道，“但是那家伙脸皮实在太厚。”

“当家的，”小种道，“要回去的话现在就得走了，家里可没人呢，要是回去太晚，人家就会发现我们是串通好的。”

“稍等片刻，”阿登起身，“我先和新出大夫商量一下，问问他的意见，你们先等一下。”

阿登把他们二人留在房间，独自出去了。

去定没做完检查，阿登还得等一会。于是他先去食堂喝了茶，再前往去定的房间。去定一边换上衣，一边安静地听阿登讲事情的来龙去脉，然后又坐到桌前，开始写今天的药方。他有一本笔记，里面记录着每个入院患者的病情和用药，每当视病情变化而调整用药时，他就会把当天的配药写下来。

“你接着说，”去定边写边道，“然后呢？”

阿登便继续讲。阿登讲完后，去定还是沉默地用笔写着，直到最后写完才放下笔，简直就像咆哮似的深深地、长长地叹了口气。

“高田屋的事我知道了，”去定说着看向阿登，“但是，角三身上发生了什么？”

“这个……”阿登沉默了。

“一心想杀人，这事肯定不寻常，背后肯定有很大的隐情。”

“我没问这些。”

“这些不才是重点吗？”去定不悦道，“算了，去了再问也不晚。”

四

去定也同意让角三回去，不然高田屋可能真的会把大院的所有人诬为同谋告上公堂。虽然不确定町里的官员会不会受理，但高田屋可能会给官员塞钱，无论如何事情只会变得更麻烦。倒不如说角三从丰岛郡的亲戚家回来的路上掉下悬崖，被去定发现了，带回养生所进行治疗。去定迅速地做好安排，与大家统一口径，然后让小种先回家，随后准备好担架抬上角三，延后一段时间从养生所出发。随行的有去定和阿登，以及背着药箱的竹造。他们穿过传通院背面到达大冢，又穿过一条寺庙和武士家小宅集中的街道，朝着音羽的方向走去。途中，角三在担架的罩子里说忘带东西了，去定立刻道：“别惦记那玩意了。”阿登不知所云，过了一会儿才想到他们说的是角三昨晚拿的匕首。之后，角三一路无话。

走到音羽五丁目的小路，要拐进小胡同时，角三道：“左边角落里那间。”位于大院角落的那间房刚翻新过，它面朝小路，有门和格子窗，护窗板和防雨窗套都是新的，一眼看去像是居酒屋的风格。门口的护窗板上钉着宽约五寸的斜十字形木条。

“从哪儿进去?”

“后面有个小门，”角三答道，“把我从那儿抬进去。”

他们绕到了后门。

因为担架显眼，不一会儿就围过来好多人。去定催促阿登打开后门，打算将角三抬进去。这时，两个男人拨开围观的大院租户，走上前来。其中一人三十岁上下，看上去像是消防兵。另外一人很年轻，只有二十二三岁的样子，身穿条纹棉夹袄，低腰处系着腰带，光脚穿着麻里草鞋。他肤色白皙，眉毛浓密，身材精瘦，浑身散发着一种气息——那是一种令人不悦的气息，机灵的狗肯定会冲他狂吠。

“这就是角三吧，”年长的男人说道，“好像受伤了啊，让我看看。”

“你看什么?”去定反问道。

“昨晚发生了斗殴，”那男人道，“有人想要刺杀这个大院的男主人，我们在找凶手。”

“你是什么人？町里的捕吏吗？”

“不，我是高田屋老板的守卫，我叫伊藏。”

“追查凶手是捕吏的职责吧，”去定道，“还是说高田屋那儿有捕吏的捕棍？”

伊藏沉默不语。

这时，年轻男人将右手探进怀中，想要开口说话，去定抢先说自己是养生所的新出去定大夫。他大概以为这名号能震慑对方，最不济也能稍微吓到对方，但是年轻人面不改色。一瞬间，去定露出了意外的表情。阿登觉得好笑，但此时却不能笑。当然，去定很快又重整旗鼓。

“你们听好了，”去定道，“我不知道在哪儿发生了什么斗殴，这个男人昨天傍晚倒在了丰岛郡中丸村的鼠山上，我本想抄个近路，无意中发现了他。他从山崖跌落，浑身是血，我便把他抬回养生所进行治疗。你说的斗殴，发生在何时何地？”

“昨夜六时，水户神社旁边。”年轻人道。他的语调像女子一样温柔，声音却令人不悦。“你早就知道了吧，”他笑道，“因为早就知道，所以才先发制人，说什么丰岛什么鼠山，就是故意找了个相反的地方。对吧，老头儿？”

“你是叫……伊藏吧，”去定看向另一边，“那个叫高田屋的屋主被杀了吗，还是受了重伤？”

“没有，这个，恰巧当时少爷身后跟着三个守卫……”

“没有受一点伤吗？”

“毕竟那三个守卫马上冲了上去……”

“他们把那个凶犯怎么样了?”

“那人拿着刀，很危险，所以就把他打倒了。”

“也就是说，那个男人受了伤。”去定以反驳的语气说道，“高田屋平安无事，凶犯受了重伤，所以你们就怀疑角三啊。”

年轻人道：“喂，老头儿。”

“闭嘴!”去定吼道。声音不大，但吼得铿锵有力，他瞪着年轻人，目光犀利。

“你闭嘴，”去定立刻又放缓了语气，向着伊藏道，“你好好听着，伊藏，养生所隶属于町奉行，一直有与力驻守。这个角三是我在鼠山无意发现带回养生所的，这事也向与力汇报过了。就算事实并非如此，高田屋毫发无伤，那三人却把凶犯打成重伤。你好好想想，这事要是闹上公堂，你们会受到怎样的裁决?”

“但是，那家伙是想杀了少爷的……”

“你有证据吗?”

“那人就是这么说的，少爷也……”

“行了，”去定打断他的话，“谁说了什么，谁听到了什么，这种像在井边斗嘴似的话搬得上公堂吗?四人打一人，那一人受了重伤，要是没有证据能证明他企图杀人，被追究责任的可是高田屋啊。”

去定说完，瞥了年轻人一眼。

“况且你们还雇用小混混，就算有正当理由也说不过去。你们回去商量一下吧。我无论何时都能上堂作证。”

年轻人看着伊藏。他的右手仍然揣在怀里，用眼神询问是否对去定动手，然而伊藏摇摇头。去定向阿登使了个眼色，从担架上抱起角三，二人搀着他从后门回了家。在这之前，小种从人群中冲出来，提前回到家中铺开了被褥。

“向您确认一件事，”伊藏在后门问道，“你们不会把角三送到别处吧?”

“这个男人从山崖跌落时摔断了腿，”去定在房间里答道，“二三十天动不了，放心吧。”

五

伊藏和年轻人离开后，大院的租户们都来探病了。有妇女带来了火种，小种准备起茶水来。去定把阿登留在这，打听了管事的住所后就离开了。

“角三需要休息，”去定出门时说道，“你们探完病尽量早些回去。”

去定这么说，没过多久，来探病的人都走了。

“那位大夫真有威严，”角三躺着微笑道，“怎么看都不像个大夫，我刚才还以为他要破口大骂呢。”

“他干得出这种事，”阿登苦笑道，“一旦情况不妙，他能把三五个小混混……”

阿登说到这里闭上了嘴。他险些说出在三组町发生的事，好在及时打住了这个念头。

“当家的，”小种在一旁说道，“刚才卖毛刷的源哥被赶出去了。”

“源哥怎么了？”

“跟吉三郎一样，”小种道，“来了三个奇怪的人，像是壮工，说这个屋子租给他们了，把源哥赶了出去，家里的东西也扔出去了。现在那三个人正赖在屋里喝酒呢。”

“那源哥怎么办？”

“毕竟对方不是善茬，还能怎么办，他和媳妇孩子在与平哥家呢。”

“怎么回事？”阿登问道。

“都是高田屋干的好事，”角三低声咕哝了一句，解释道，“他可能觉得交涉也是白费力，五天前派了两个壮工模样的人过来，强行赶走了吉三郎夫妇俩。”

阿登感受到一股压迫感。他问道：“这里没有町名主①或者五人组②吗？”

“要是他们靠得住，我就不去冒那个险了。”角三道，“在想要杀了他之前，我们已经用尽了各种方法。”

“但是，所有条件都对我们不利。只要这块地背后有护国寺的僧人撑腰，我们就没法以理服人，何况高田屋还利用金钱运作。要是这里能开辟出一片新商业区，五人组、町名主什么的

---

① 町名主：江户时代负责管理町中事务的官员。

② 五人组：江户时代由百姓组成的邻里互助小组，负责街区安保等。

都得像狼咬上诱饵似的。”角三和大院的其他四个代表曾一起去找他们寻求帮助，却没有被正眼看过。

都白住了二十年了，还说这种贪得无厌的话？

他们并非想接着白住，交涉时也说今后支付相应的租金，但是那些人根本不听，只是一味地劝他们尽快搬出去。阿登听着听着，渐渐无法判断到底哪方才是对的。

搬家不就行了吗？

反正都决定今后交租金了，不如干脆抛开这些麻烦事，搬到别的地方去，这样不是更简单吗？你们为什么这么固执，非要坚持到底呢？还是说，你们对住惯了的地方有所留恋？阿登在心里提出了质疑。

过了半刻，去定回来了。他没有进屋，催促着阿登和竹造收拾一下准备回去。“不用担心，”去定对小种说道，“我和管事说过了，伊藏应该不会动粗，明天那边可能还会有人过来，不要轻举妄动。帮我转告角三和大院里的其他人。”

他们从音羽出发去巡诊，途中去定向阿登仔细讲述了事情的经过。他们只有在走路时才有空讲这些，虽然听完整个故事花了不少时间，但阿登详细了解了此事的来龙去脉。角三和小种下个月中旬就要办喜酒了，他们两人用了整整四年的时间才走到这一步。

角三二十五岁了。他的父亲名叫加吉，曾经是个做榻榻米的工匠，但终生没能开一家自己的店。

角三十二岁时，在下谷一家叫作“滩纹”的高档饭店的后厨做帮工，学了些做饭的手艺。这是他出于兴趣选择的行当，但也许缺乏天分，角三二十岁前意识到凭自己的手艺不可能在一流饭店工作。那以后，他决心开个小饭馆，不再喝酒玩乐，攒下了一些钱。受环境和工作内容的影响，大厨里多是吃喝嫖赌之徒，这些人整日不离酒和女人。但是，角三知道自己的水平，已决定开个小饭馆，虽然被同事们看不起，他还是尽力存了一些钱。

这期间，角三和小种亲近起来，终于立下婚约。小种双亲早早离世，她是被祖父多助养大的。多助开了一家卖荞麦面的夜摊，小种从十二三岁起便帮着进货，晚上还和祖父一起出去摆摊赚钱。前年冬天，祖父多助患上了轻度中风，腰腿一下子不灵便了，人也变得有些呆傻，不能出门赚钱了。无奈之下，小种只得找了份允许通勤的茶屋帮佣的活计，已经工作两年了。

角三的父亲在多助病倒前就死了。母亲五年前病逝，因此家里只剩下他一人。他不再住在店里，而是回到灌下的家里通勤上班。这样一来，两人每天能见一次，也一同商量了开小饭馆的事。小种多年来一直帮祖父经营夜摊，要是开个小饭馆，她也能帮上忙。

就算遇到困难，我们也要坚持下去。

小种总是这样说。她自己也从贫困拮据的生活里一点一滴攒下了些钱。今年八月，现在住的房子空了，于是他们取得管事的同意，搬了进去。虽然房子在小巷里，但是离护国寺的大路很近，周围也有很多武士的宅邸。他们觉得武士家的用人兴许能成为客源，小饭馆将来一定有生意。大院里还住着一个叫与平的木工和一个叫小助的泥瓦匠。两人都是酒徒，只有接零活的手艺。角三、小种和他们商量着估了价，买来必要的材料，翻新了这间房子。

这样的翻修工程，接零活的工匠比较容易变通。当然，他们二人抽空来干活，翻新的进度也快不起来。到了九月末，终于完工了。角三和小种添置了刀、锅、盆和餐具等用具，九月末，角三辞去了滩纹的工作。他们又做了许多其他准备，十月十五日店面开业，二人做起了生意。他们相约过了生意最忙的正月就办酒席，大院里的人都看着，办酒席前两人约定要守身如玉。

“过了半个月，高田屋就来让他们搬出去。”去定说道，“听说生意才刚做起来，也有了几个常客。”

不仅如此，角三十多年攒下的钱，连带着小种的那份，都投进这个店了，他们还向经营酒馆等的商人们借了钱。

六

如果现在被赶出去，角三就会负债累累、积蓄分文不剩，小种也不得不回茶馆做帮佣。所以他俩与大院的住户商量，然后和高田屋交涉至今。

“但是，保本你也听到了，高田屋不管这些。先不说护国寺有没有为其撑腰，町里的官员被地区的繁荣发展诱惑，都支持高田屋，这是事实。”去定继续道，“这种情况下，对于大院的租户最不利的，就是二十几户人家在将近二十年里白住在这里，不用对簿公堂，大家也会站在高田屋那边的。”

“但是，到底为什么?”阿登问道，“为什么双方要立下这么多年都不收租金的约定呢?”

“这租约不是双方立下的，而是上一代户主高田屋与七主动提出的。我在管事那儿看了账本，上面清清楚楚以与七的名义写着‘到松次郎一代不收租金’，还有与七和五个大院代表的署名及指印。”

“当时有那么多会写字的人吗?”

去定一边走一边回头看向阿登：“肝脏不好的患者，就算不知道自己肝脏不好，肝脏不好的事实也不会改变。”

“哦。”阿登含糊地应了一声。

“问题不在于五个大院代表会不会写字，免除租金这件事不是已经被证实了吗？你这人净说傻话。”去定嘟囔了一句，立刻又言归正传，“我想知道的是，为什么要立下这个租约。与七出于什么理由这样做？不弄清楚这一点，大院的人就赢不了。”

走了一会儿，阿登问道：“没有人知道理由吗?”

“跟角三说的一样，”去定提高了声音，像是很心烦的样子，“五个代表中有两人搬走了，两人死了，其中一人是角三的父亲，剩下的只有多助了。”

“听说他老糊涂了……”

“我刚才去看了，大概是因为中风呆傻了，我试了很多方法，老人家也拼命回想，但是他记忆里只有‘久芽杀手’。”

阿登看着去定。

“久芽杀手……你看着我的脸也看不出个所以然。”去定下意识地挥了挥一只手，“到底什么意思，谁也不知道，大院的人用尽各种办法询问，但是老人家只记得这一句话，他自己也不知道是什么意思。”

“就是说，这也有可能是句毫不相干的话，”阿登说完，急忙岔开了话题，“那我大概明白了。”

“明白什么了？”

“角三一心想杀高田屋的心情。”阿登一边回答一边在心里骂自己今天真是愚钝，“十几年的辛苦竹篮打水，即将到来的婚礼也化为乌有，而且对方的目的是大赚一笔，因为这个生气也无可厚非。”

“哪有人会因为这些感动？不论出于什么理由，杀人都是不可原谅的，在这件事上，角三真是个愚人。”去定怒道，“为眼前那点事高兴或是绝望到自弃，穷人里好多都这样。俗话说，没有恒产就没有恒心。如果一直过着漂泊的生活，一旦事态不合预期，人们就容易从一个极端冲到另一个极端，最后会成为强者的腹中之物。”

“只要知道立下租约的理由，肯定就有办法解决这件事。”去定继续说道，“与其让贪得无厌的和尚造出花街，不如保护一间小饭店。所以，必须弄明白与七立下租约的原因。”

走了一会儿，去定望着天，用感情充沛的声音向着虚无发问："与七到底是为了补偿什么，才立下那样的租约呢？"

阿登心想，他的样子就像为身患肝病的病人诊察却看不出病源只好求助神佛示警的医生。

第二天，阿登奉去定之命去探望角三。他在小种的帮助下为角三清洗伤口、换药、重新包扎。这时，一位老人拄着拐杖，步履蹒跚地从后门进来，小种惊讶道："啊呀，爷爷，你怎么来了？"她起身迎了上去，"一个人出来多危险呀。"

阿登一边拿过盆准备洗手，一边装作不经意地看向他们，心想："这就是多助吧。"多助在孙女的搀扶下坐在了后门处的地窖盖板上，动作僵硬得像个坏掉的木偶。同时，他的拐杖倒在地上，发出"咣当"一声巨响。老人身体消瘦，肤白如蜡，脸孔像面具一样没有表情，嘴唇无力地耷拉着。

"我没听清，"小种反复询问着，"什么？怎么了？"

角三疑惑地看向阿登。阿登没说话，摇了摇头。

"怎么啦？"角三高声问道，"爷爷怎么啦？"

"先等等。"小种答道。

阿登起身，对角三说："我后天还会来。"角三退了烧，伤口也没有化脓的危险。"明天换一下腿伤的药就行。"说完，阿登便离开了。路过小种和多助身边时，他看到多助流着泪努力活动着僵硬的舌头，试图说些什么。口水从多助嘴里淌下来，他用一只手按着喉咙，硬挤出连不成句的音节，那副样子可怜又可怖，让人不忍直视。

“可以呀，我们回家吧。”阿登听到小种的声音从身后传来，“阿角他没事。别说佛坛之类不吉利的话，爷爷就好好待在家里，什么都不用担心。”

阿登穿过小巷，走上了大道。

七

阿登绕去了小石川桥，他打算到松平若狭家同去定会合。因为音羽的工作结束得早，他等了半刻左右去定才来。之后，他们巡诊了八个地方，下午五时回到养生所。这天回来得比往常早，阿登时隔许久终于痛快地泡了个澡，然后和森半太夫一起悠闲地吃了晚饭。饭后喝茶时，半太夫用不经意的语气道：“津川回来了。”阿登没明白他的话。

“就是给你空出岗位的人，”半太夫道，“津川玄三，你可能不记得了。”

阿登想起来了。

“那个讨厌的家伙，”阿登说完，惊讶地看着半太夫，“你说他回来了，是指回咱们这儿来了？”

“回咱们这儿来了。”

“他不是应该当上幕府见习大夫了吗？”

“好像没当成，”半太夫道，“听说之前给了他职位，但是他工作上犯了错，被除名了。”

“所以就回来了？”

“是啊，”半太夫喝着茶道，“毕竟这里需要人手啊。”

“这里需要人手？”

“啊，”半太夫岔开话题，“听说猪之和小杉订婚了，你知道吗？”

阿登摇摇头。半太夫聊起他们的事，阿登被勾起了兴趣，接着往下听，没去细想“这里需要人手”。据半太夫说，疯女由美时日无多，依她的症状，不知道能不能挺过正月。如果由美死了，小杉就得回老家，但是因为老家有些情况，小杉不想回去。他们二人商量后决定到时候结为夫妻，成家过日子。

“这是我第一次在养生所听到喜事，”半太夫道，“恐怕也是养生所成立以来的第一次吧。我注意到这一点之后，觉得很沉重——活在这世上，亲眼见证别人的幸福是件多么稀罕的事啊。”

阿登在心里颔首：“是啊，见证别人的幸福，这样的事的确很稀有。就连猪之和小杉也不知道他们将来会怎样，结为夫妻的快乐很短暂，接下来的人生还很长。”想到这里，阿登摇着头笑了。

“待在这种地方，”阿登道，“都变得像老人一样思考事情了，哦不，我是说我自己。”

第二天，阿登陪同去定外诊时，在门口被一个陌生男人叫住了。“请问是保本大夫吗？”男人边打招呼边走了过来，应该是门房的人刚刚告诉了他谁是保本。男人穿着印花短上衣、细筒裤和草鞋，二十六七岁的年纪。虽然是矮个子，但是身形壮实，从嘴角到两颊都长着杂乱浓密的胡须。

“我是从音羽来的，”男人声音粗哑，“和角三住在一个大院的木匠与平。”

阿登心想，他就是收留卖毛刷的源治一家的人啊。

“角三的病情有变化吗？”

“不，不是这事。”与平挠挠头，好像做了坏事被发现了似的，他一边挠头一边说道，“其实吧，发生了一件小事，想请您今天下午四时左右过来一趟，我来就是为了这个。”

“发生什么骚乱了吗？”去定在一旁问道，“高田屋又来了？”

“不是，不，算是吧。”与平又挠挠头，歪了歪脖子，“没发生什么骚乱，也不是因为高田屋，但之后可能会发生骚乱。等他过来就知道了，可以吗？”

“下午四时是吧，”去定道，“好，四时之前到。”

与平看向阿登，阿登点点头说：“我会去的。”

阿登陪去定巡诊了五处后，在他的吩咐下去了音羽。这是个阴天的下午，还不到四时，天色就已昏暗，微微的北风清冷得刺骨。阿登在角三家的后门打了声招呼，小种出来了。小种注意到阿登疑惑地看着门口胡乱摆放的一堆鞋子，解释说大院里的人来了。阿登进屋一看，角三的被褥旁坐了四个男人，他们和阿登打过招呼，让出了一个位置。其中一个男人是与平，其他三个人都是他叫来的，分别是泥瓦匠小助、卖鱼的长次、拉车的正吉。小助和与平差不多的年纪，长次和正吉看上去都是三十岁左右。

“你们这么忙，还要麻烦你们过来。”角三躺着说道，“其实是高田屋的事，我知道十九年前发生的事了。”

“是么。”阿登眯起眼。

“多助爷爷来了，啊，那时刚好大夫您也在。”角三道，“当时他舌头不灵活，脑袋也不好使，不知道他都说了些什么。您回去之后，他稍微冷静了一些，我们就仔细问了问，他说十九年前，因为当时发生的事情而写下了一纸证明。”

开始他只是不断重复“佛坛”二字，最终他说出有文书记下了和高田屋的约定，上面有自己和另外四个代表的签名和指印，这份证明寄放在死去的加吉那里。

“我还是头一次听说这事。”角三的父亲什么都没有告诉他。

“可能真是这么回事，”多助道，“当时你在做帮工，加吉哥死时你没在，你赶过来之前，加吉哥把这件事告诉我了。”

“说了也不一定有用，但是万一大院里发生了什么乱七八糟的事，就去看看佛坛的灵牌后面，那儿有当时写下的东西。”

多助听完就把这事忘了。因为这次的骚乱，他想起了“久芽杀手”这个词，他一直在想这到底是什么意思，终于在昨天想起来了。

八

“文书找到了吗？”阿登问道。

“找到了。”角三说着从枕头底下拿出一卷整齐的纸，“爷爷说的没错，就藏在灵牌后面。”

“上面写着立下租约的理由吧。”

“写得很详细，还有五个大院代表的指印。不，等等，”角三一边把那卷纸递给长次一边说道，“至于上面写了什么，一会儿再说，现在说的话，事情可能会变得很糟。我是说，您可能会阻止我们接下来要做的事。”

阿登看着角三说道：“那为什么要叫我来呢？”

“我希望您做个见证。”

“什么见证？”

“一会儿您就知道了，”与平道，“只要那人一来，马上就能开始，差不多也快到他来的时间了。”

“谁要来？”

“高田屋，”与平说完看向角三，“不能说吗？”

“我们叫了松次郎来，”角三向阿登解释道，“我们跟他说找到了免费把大院租给我们的证据，让他来看看，他说他会来。”

“那么，为什么需要证人呢？”

“这人也真啰唆。”泥瓦匠小助道。

“别说那些没用的，”角三打断他，“你们做好自己的任务就行了。长哥，没问题吧？”

“拿个提灯来吧，”长次向与平说道，“今天天黑得早，读东西需要亮光吧。”

“过会儿我去拿，”拉车的正吉说道，“只要一叫我，我马上飞奔过去，行吧?”

阿登一言不发。他们打算做什么？自己要做什么证人？阿登没有半点头绪。但是他们不想说，而且事情马上就要开始了，阿登觉得自己只能安静地看着。小种为阿登泡了茶，正吉站了起来。“我回家准备提灯，等大家过去之后，我就藏在院子的草丛里。”正吉说完便出去了。

四时多，高田屋松次郎来了，伊藏和另一个年轻人同来。只有松次郎和伊藏进了房间。角三说话时，阿登一直在旁边看着松次郎。听说他二十三岁，本人看上去比实际年龄大三四岁。他身材中等，没有什么特点，从他的眼神和讲话态度上明显能够看出是娇生惯养长大的——性格高傲，而且天不怕地不怕。

“这东西是真的吧?”松次郎反问道，“不是伪造的吧?”

“您看看就知道了，”角三答道，“我们这种头脑简单的人骗不过高田屋先生这样的聪明人。这位是小石川养生所的保本大夫，大夫给我们做证人。您先看看证据吧。”

松次郎转头看向阿登。

“我是保本登。”阿登道。

“我是高田屋松次郎。”松次郎说着，目不转睛地盯着阿登的衣服看，“我认得这身衣服，的确是养生所大夫的制服。”

他说“制服”二字时，语调有些奇怪，明显是轻蔑的口吻。阿登只是微笑着。

“长次和小助带您去看，”角三道，“保本大夫也去，请您看过再回来。”

“在哪儿?”

“在山崖下的空地,”角三道,“但是,您得把同来的人留下,自己去看。”

“为什么不能带人同去?”

“那东西会让您觉得不光彩,”角三平静地说道,“这也是过世的与七老爷担心的地方,所以才不让任何人知道。我们直到今天才知道。请您务必独自前往。”

松次郎有些犹豫,伊藏悄悄唤了一声“少爷”。这一声似乎刚好刺激到了他的自尊心,他向伊藏摇了摇头。

“行吧,”松次郎大方地点点头,“我去看看是什么让我觉得不光彩,保田大夫也一起去吧。”

阿登没说话,角三更正道:“是保本大夫。”

“失礼了,”松次郎向阿登故作姿态地点点头,向伊藏道,“你把阿辰和阿银叫过来,就在这里等着。没事,我可以自己去,我可是高田屋的松次郎啊。”

“我可是高田屋的松次郎?”阿登走进小巷时自语道,“您可不是高田屋的松次郎嘛!”

很快与平就出来了,接着松次郎、长次和小助也出来了。长次道:“这边请。”说完走入小巷深处,阿登和其他三人跟在后面。此时的小巷已被暮色笼罩,大院各处都烧着柴火,孩子们在炊烟中玩闹跑跳,把翘起的石板踩得咣当响。

走出大院不久,便到了一块稍高的空地。空地对面是山崖,山崖上有武士宅邸,但是从下面看不到那些房子。空地约有五百坪，长满了齐胸高的枯草，空地的一侧立着两棵松树，枝丫蜷曲，看上去十分寂寥。长次向松树走去，环视着四周对松次郎说道："就是这里。"

"这里?"松次郎问道，"什么这里?"

"证据就在这里，"长次道，"请过来看一下。"

松次郎看向阿登。阿登单手做了个"请"的手势。松次郎分明心里不安，却又故意虚张声势，走向了长次。

"再往后一点，"长次用目光打量着松树和悬崖说道，"麻烦您再往后走走。"

松次郎往后退了一步。

"再往后点儿，"长次说着蹲了下来，"对，往后一点儿。"

松次郎向后退了两步。然后，他一脚踩空，只见他两臂在空中晃动了一下，"咣"的一声，身影消失在枯草中。

九

事发突然，在这沉沉暮色中发生的事究竟意味着什么，阿登摸不到头绪。他震惊地听到松次郎扑腾着双臂消失在枯草中时发出的惨叫，那叫声拖着长长的尾音坠入了地下。

"这就是爷爷说的'久芽杀手'，"与平说道，"这口井本来不叫这个名字。这只是口老井，深约二丈九尺，没有水，是口枯井。昨天我们检查过，这井里没有毒气。只不过，很久以前，不知到底是什么时候，有个名叫久芽的姑娘坠井死了，老一辈的人都知道这事，于是管这口井叫作‘久芽杀手’。他们盖上石盖，围上栅栏，小孩子也绝对不会靠近这里。”

“与平，别说了，”长次道，“喂，正哥，在吗?”

正吉提着灯来了：“还顺利吗?”

“嗯，正中下怀。”长次答道。

“你听，他在下边叫唤呢，真的是，那家伙吓破胆了吧。”

“给我灯。”长次道。阿登一言未发，看着他们的所做所为。

“您是证人，”长次对阿登说道，“来这边，我有话要对那家伙说，请您认真听着。”

阿登点点头。天还亮着，但山崖下的空地已是一片漆黑。风变强了，吹得枯草沙沙作响，提灯发出昏暗的光，映出五个男人的身影。长次慢慢靠近枯井。那里只有一个被枯草掩住的洞穴，方才松次郎跌落留下了一点土崩的痕迹，已经看不出水井的样子了。

“喂，高田屋!”长次吼道，“你受伤了吗?”

井底传来的呼喊声变成空洞的回音，一个字也听不清。

“还能发出这么中气十足的声音，那应该没事儿吧！你听好了!”长次说着，从怀中拿出刚才那份文书，“我从现在开始解释给你听！喂！高田屋，你听清楚了!”

“我耳朵要聋了!”与平道。

“你说点儿没说过的!”小助起哄道。

“你们闭嘴。”长次在朝井底读文书的间隙制止了他们，“我要念啦，你听好喽，高田屋。这里从前有户武士家，这是他家的水井！”

长次详细地重述了与平给阿登讲的故事。坠井的姑娘六岁，当时盖住水井的是个木盖。

“十九年前的十月十五日，你在四岁时掉进了这口井里，听好了……”长次继续道，“你是独子，是父母不可替代的宝贝儿子。当时这事在街坊四邻中闹得很大，他们甚至雇人寻找你的踪迹，当然，他们也来这口水井找过，但是没找到。他们还请人占卜你是被神隐去了，还是被人拐走了，甚至还祈祷保佑你。即便如此，还是没能找到你。你母亲心灰意冷，病倒了，你父亲也彻底放弃了，认为你不是被人拐到了远方就是死了。但是第四天，大院的人找到了你，为了确认，他们放下一张网，顺着爬到井底，看到你就躺在那儿——就是你现在躺着的地方。他们救出你送到医生那儿，医生说你可能不行了。”

井底静悄悄的，没有一点声音，长次的回声衬托了四周的寂静。

“但你还是得救了，你能想象你父母有多高兴吧，他们说这份恩情世代难忘，约定免除大院三栋房子共二十四户的租金，一直延续到你这一辈。但是，老爷却说这件事要保密，你才四岁，过不多久就忘了，他不想让你回想起这次悲惨的经历。他说这并不是免除租金的条件，但希望我们务必对你保密。这是父母的慈悲啊，你不觉得吗，高田屋？大院的人遵守了约定，所以我们直到今天才知道免除租金的理由。”

长次又说，他们从角三家的佛坛取出有五个大院代表署名的文书。

“这下你明白了吧，”长次道，“你违反了上一辈的约定，我们说以后会付租金，可是你不同意。我们也有我们的做法。十九年前，你差点死在这儿，这口井就是我们要给你看的证据，明白了吗?”

井底传来了呼喊。因为害怕，他的声音变了调，再加上沉闷的回声，这次仍然没有听清他说了什么。

“喂，别这么生气!”长次道，“大喊大叫或者撒泼耍赖的话，会早早消耗完精力的。这个地方已经被遗忘了，在拿出文书之前，就连我们都不知道这个地方，你再怎么叫唤也不会有人过来的。与其白白吵闹，不如冷静下来，好好回忆一下自己四岁的时候差点死在这儿的事。再见啦!”

长次一挥手，与平等三人从另一边把石盖搬了过来，合力盖住了井口。

“您知道我们为什么瞒着您了吧，”长次对阿登说道，“您听到我们要这样做，肯定会反对的。”

“也说不准。”阿登微笑道。

“我们这类人，就想至少得这样出口气，这么一来那家伙多少也能听进去一点吧。”长次道，“好了，角三也该等急了，回去让大夫读读这份文书吧。”

“但是，你们就这样?”阿登问道，“就这样把高田屋放在那儿了?”

“啊。”长次含糊道。

五人回到了大院。他们对伊藏说少爷已经回到牛入了，然后去角三家讲述了事情的经过。阿登读了文书，上面详细记录着长次所说的事。

“我不插手这件事，”阿登道，“但毕竟我是证人，万一高田屋出了事……”

“我明白，”角三打断他的话，“我们不会给您添麻烦的，等事情有了着落，我会向您汇报的，您别担心。”

过了不久，阿登就离开了。

隔了一天，他去给角三治疗，但是角三什么都没说。到了第五天，角三才告诉他“事情顺利解决了”。

“昨晚把他从井里捞上来了，”小种道，“我们可以像以前那样住下去。”

“不会报仇吗？”

“似乎内心受到了震动。”角三说，“他自己拿过文书，签了名，按了指印，真是的，他好像是心甘情愿这样做的呢。”

“是身处井底的情况下……”

“我们打算付租金，疼……”角三嘟囔道，好像是阿登剥下膏药的时候弄疼了他。

“大夫，您手下留情啊。”

冰下萌芽

一

十二月二十日，养生所从黄鹤堂购入了大批药材，所以从次日一早开始，大家都忙着分拣药材。去定也取消了外诊，留下来指挥大家工作。保本登约好要回麹町的家，去定也再三提醒，但他想如果自己走了，就只剩下去定和森半太夫二人，所以只是含糊地应付，继续分拣药材。

午后二时是茶歇时间，阿登和半太夫去了食堂，一起喝茶吃点心。这时半太夫告诉阿登疯女由美病危的消息，说她活不过十天了。她发疯病的时间曾一度减少，但最近病情又急转直下，正常的时间越来越少，食欲不振却异常亢奋，并且连续失眠。一发病就十分狂躁，弄得自己遍体鳞伤。她之前自缢未遂，之后肉眼可见地衰弱下去，到现在已经无法进食了，意识也逐渐变得混沌。

“她父亲来了，昨天来的。”半太夫道，“五十出头，身体清瘦，是个性格温厚的人。依旧没有告诉我住处——保本没听新出大夫说起过吗?”

阿登摇摇头。

“那至今为止，也只有新出大夫一个人知道。”半太夫道，“我见了他，感觉是个了不起的大商人，具有隐居者的品性。说起女儿的事就一直流泪。”

由美发疯的起因是受到了帮工的猥亵。或许也有体质的原因。那个三十岁的帮工猥亵了只有九岁的由美，还威胁她“如果告诉别人就杀了你”。父亲那时不知情，因为这个帮工做了其他不光彩的事，才将他解雇。过了很久，直到为由美订了亲又发生了解除婚约的事，由美开始变得怪异，父亲才知道了这件事。

“她父亲说，直到现在都想杀了那个帮工。”半太夫一边斟茶一边摇头，“他还说，就算女儿天生就是那种体质，如果没有那个帮工的猥亵和威胁，她也不会疯成这样。如果以后找到那个男人，他就杀了那人，然后自杀。说完他又哭起来。”

“不对。”阿登心想。由美亲口告诉自己的那些事，基本可以被证实。那个帮工像是个病态的人。而由美情况更特殊，她接连遭受母亲死于非命、婚约解除等事，这种厄运不断发生，一般人可以承受下来，但由美却承受不来。总而言之，由美的体质对于情色之事极为敏感，一旦抑制自己，身心的协调就会被打乱，这才是原因所在。所谓恨不得杀了那个帮工，不过是身为父亲的偏执。

他们回去继续分拣药材，却不见去定的身影。二人工作时，阿登问道：“他没提那栋房子的事？”

“按照之前说好的，那房子捐赠给养生所。他父亲说，如果可以的话，想先扩建再捐赠。有件好玩的事，不，说好玩好像不太合适，”半太夫扑哧一声笑了，“猪之大概听小杉说由美父亲来了，于是就过来谈判。”

“谈判？”

“可能是担心由美去世后，她父亲会把小杉带回去。当时我们还在说话，猪之就闯了进来，说一定要见她父亲一面，有终身大事相商。”

“不会吧。”

“真的，就是这么莽撞。”半太夫微笑道，“他说：‘我想娶小杉为妻。神田佐久间町有个叫藤吉的木匠，特别了解我，只要问他就行。我肯定会让小杉幸福一辈子的。’然后还扯出一个莫名其妙的神明发了誓。”

“他父亲怎么说？”

“他根本招架不住，说小杉的父母在茬原郡，要和他们商量一下，他本人没有异议。”

半太夫忽然闭紧嘴回头看去。走廊上传来了混乱的脚步声和女人的哭声。

“不要！我不要！”女人哭喊着，穿过走廊跑了过来，“别碰我！放开！不要！不要！”

阿登起身去了走廊。这时，刚好一个姑娘迎面跑过来，一把抱住他，躲到他身后。去定一边喊着“抓住她”，一边追了上来。后面又追来一个四十岁左右的女人，想要推开去定帮那姑娘。

“帮帮我，”那姑娘抱着阿登说道，“帮帮我，我不要，不要，不要!”

赶过来的女人叫了一声“小绘”。去定打断她的话，对阿登说道：“带她进我房间。”

“冷静一点，没事的，”阿登对那姑娘说道，“这里有很多人，谁也不能把你怎么样，来，来这边。”

“别闹了，小绘，”四十左右的女人说道，“我不是为了你好吗？我绝对不会害你的。”

“等会再说，”去定道，“你先在休息室等着。”

“我不能待在这吗?”

“我会和你女儿好好说的，请你去休息室等着。”

趁着去定制止那女人的工夫，阿登把姑娘带进了去定的房间。房间里的药柜都敞开着，抽屉也半露在外，地上到处堆放着药袋，阿登甚至不知道该把给姑娘的坐垫放在哪里。那姑娘大约十八九岁，穿着粗糙的条纹棉质短夹袄，系着茶色腰带。头上只插了一把梳子，手脚因为洗刷工作龟裂开来，通红的脸颊上没有一点妆粉，皮肤有皲裂的痕迹。五官生得不错，但毫无表情，好似戴着面具一般。刚一坐下，她就像忘了自己刚才还在哭叫似的，嘴角浮现出冷笑。

好像是个白痴。阿登咋舌。

二

去定进屋坐下，开始向姑娘问话。姑娘名叫小绘，十九岁。刚才那女人是她母亲，名叫小金。父亲三年前失踪了。小绘上面有一个姐姐和一个哥哥，下面有一个弟弟和两个妹妹。小绘从十岁起就在下谷池之端仲町一家叫“近六”的蜡烛批发店做女佣，后来因为怀孕被解雇，现在住在市谷舟河源町的老家。她只说了这几句，但咬字不清，还不时陷入沉默，有时同样的话重复好几遍。回答问题时，她好像很难受，一会擦额头，一会用手背擦嘴，好像口水流出来了似的。

果然是白痴。阿登心想。

小绘在近六做女佣时怀孕了，但不知孩子的父亲是谁。她被解雇后回了老家，家里也是勉强度日，所以小金不想让脑袋不好使的女儿生下孩子。母亲怀着这样的心思来了养生所。此前，去定已经了解了情况，打算打掉孩子。

杀死刚出生的孩子叫作“溺婴”，各地都会这样做。北方还有诸侯颁布了相关法令。

去定曾说过，在贫穷且多子的家庭或者粮食不足的地域，如果不加节制地生育，就无法抚养所有孩子。这种情况下，“溺婴”是被默许的行为。但是，杀掉已经来到这世上的生命太过残酷，也违反人伦道德。必要的情况下，应该在孩子尚在腹中时，也就是孩子尚未成为“人”时打掉。因为去定持这种观点，所以打算给小绘堕胎。但是小绘听后变了脸色，说着“不要”，挣脱开去定和其他医护人员的手，逃到了走廊。

“我要生下孩子，”小绘慢吞吞地说道，“毕竟肚子里的孩子是我自己的骨肉，不管发生什么，我要生下他，抚养他。唔，只要不给别人添麻烦就好了。”

“如果你能成为母亲的话，是可以的。”去定道，“但是你不能，你的脑袋不正常，在接下来的漫长人生里，你连自己都照顾不好，是这样吧？”

小绘偷偷笑了，像有秘密要说似的凑近去定，悄声道：“大夫……其实啊，我是装傻。”

“好好，这话我已经听了三遍了。”

“真的，大夫，我说真的。”小绘坚持道，“我做女佣时，十二岁那年，在仓库帮忙搬货，从梯子上掉下来，撞伤了头和后背。那时我就决定装疯卖傻，真的，我真的不傻，我能好好养孩子。”

“保本，”去定回头对阿登说道，“她母亲在休息室，你去告诉她，把女儿留在这儿两三天。让她先回去，三天后再来。再告诉她，这期间我会说服她的。”

阿登刚进休息室，小金就飞奔过来，不等阿登把话说完，她就焦急地抱怨道：“怎么要花这么久呀？”小金噘起厚厚的嘴唇。“她本来就又傻又犟，劝说她也是白费功夫。”

“她本人不同意，我们也没办法。”阿登说道，“不管是呆是傻，女人想要有个孩子的心情不会有假。”

“要是那傻闺女生了个傻孩子可怎么办？”

“你三天后再来就行了。”

“我要带她回去。”小金面带愠色，“我听说这儿的医生会帮有困难的人家处理掉婴儿，而且不收药费才来的。这样的话，我还不如花点钱来得快，请您把我女儿叫过来吧。”

随你便吧，阿登心想。但是去定坚决不同意。小金不断强调三天为限，终于还是自己回去了。她一反最初卑微恳求的态度，变得趾高气扬，仿佛施恩似的，颧骨上的肉高高突起，露出一副轻蔑的表情。

“您打算怎么做?”阿登就快压抑不住胸中的愤懑，“人家都说花钱也要打掉孩子了，肯定是有不得已的理由吧。”

“你该准备出发了，”去定道，“剩下的事我和阿森两个人处理，你收拾一下回麹町吧，已经过三时了。”

阿登起身离开了。

天野源伯夫妇和雅央来了，正在麹町的家里等着阿登。天空密布着低低的乌云，似乎马上就要下雨了，还不到四时，家里就已经灯火通明。阿登一回来就被叫去了父亲的房间，母亲也坐在里面，告诉他一会儿要举行订婚礼。阿登不同意。订婚又让他想起了千草。母亲好像察觉到了他的想法，凑近阿登，想要说些什么，父亲良庵却摇摇头，母亲便没有把话说出口。

“这是天野所愿，我也同意了。”父亲的语气一如既往地温和，“三月举办正式婚礼，现在订婚也无妨吧。”

“既然三月要办正式婚礼，现在也没有必要办订婚礼。”

“这是惯例。”

阿登看着壁龛，没有回答。壁龛上的青铜花盆里摆着松梅盆景，或许是因为座灯的光亮有些遥远，阿登生出了一种从百年前就看惯了这盆景的错觉，感觉无趣、烦闷且厌倦。

应景的松梅盆景，从来就如此。

母亲只是出于习惯栽培，父亲也不觉得这种无意识的重复多么无趣。阿登心想，倒不如干脆什么都不栽。父亲把阿登的沉默当作了同意，松了口气似的对母亲说："你去准备一下吧。"

"这就好，"母亲起身离开后，父亲说道，"我因为之前那件事很担心，这样一来我也放心了，今天订婚礼结束后，天野应该有好消息要说。"

阿登看向父亲，良庵温厚地微笑着。

三

之后，大家换了衣服，在客厅举办订婚礼。客厅里围着金色的屏风，铺着绯红的地毯，摆着两只烛台。阿登穿绢麻礼服。雅央着纯白婚服，梳着华丽的文金高岛田式发髻，化了浓妆，看上去成熟了不少，简直像变了一个人似的。良庵夫妇与天野夫妇都身穿礼服。一个面生的妇人端来了酒杯与酒壶。

媒人不出席吗？

阿登恍惚想着，和雅央一起完成了敬酒的仪式。端来酒杯酒壶的妇人一直低头拱着手，她祝福道："恭喜您。"那声音颤抖着，她保持着拱手垂头的姿势呜咽起来。阿登一看，立刻板起脸。

千草，是千草。

阿登惊讶地看着她。他承认，她老了许多。去长崎前，他见到的千草娇媚而华丽，但那样令人眼前一亮的美貌已不复存在。或许是因为她剃了眉毛，染黑了牙齿①，但与丈夫过着避世的生活，生养孩子，这些事也让她变得憔悴。她那样子就是一个极为平凡的、随处可见的居家妇女，阿登见此，不知为何感到如释重负，下意识地在心里想着“好，这样就好”。

“是千草小姐吧，”阿登平静地说道，“听说您生了孩子，身体可还好？”

“还好，”千草低声答道，“前一阵子治好了麻疹。”

“是吗，”阿登道，“没见到您的丈夫，请替我向他问好。”

“好了，”天野源伯对千草说道，“退下吧。”

千草行过礼，离开了。

“多谢谅解，登公子。”源伯说着向阿登点头致意，“可能你会觉得父母愚昧，但我们无论如何都想得到你的原谅，这样一来，我也能让她与家里来往，还能抱抱外孙……感激不尽啊。”

阿登点头回礼，看向雅央。雅央微笑着，用充满感激的眼神看着阿登。

谢谢。雅央的目光倾诉着谢意。真是一双能够流露纤细情感的、聪慧的眼睛。阿登心想，我太幸运了，雅央虽然没有令

---

① 江户时代，有日本女性嫁人后剃眉、染黑齿的习俗。

人注目的美貌，但经年之后，她的美会逐渐显露出来。千草的美就像怒放的花，枝干只能衬托花的华美，一旦花朵盛放过后，花瓣凋零，枝叶就显得暗淡枯槁。而雅央虽然是一朵朴素的花，枝干却生得欣欣向荣，她会随着成长而显现出真正的美。如果说千草是开花的树，雅央就是永不凋零的松柏。这才是适合做一辈子妻子的女人啊。

保本和天野夫妇接受了敬酒后，源伯坐直身子看向阿登。

“那么，登公子，”源伯道，“您在养生所工作已经一年了，我与新出大夫商量过后，决定在明年三月期满时，让你晋升为幕府见习大夫。”

阿登惊讶地看着他。

“本来和你约好，你从长崎游学回来时就该安排这事，”源伯继续道，“但我同新出大夫说明了情况，商量之后决定先把你安排到养生所。”

源伯说，游学期间被婚约者背叛，这对于年轻的阿登而言是个重创，如果就这样让他进入社会，可能会滋长负面情绪。不如让他去养生所这样的地方，体验一下忙碌多变的生活，刚好养生所也需要先进的医学知识。于是，源伯没有过问阿登的意愿，就把他安排进了养生所。

“我不时会与新出大夫见面，问问你的近况。”源伯说道，“最开始，新出大夫笑着说为了让你服管可是累坏他了，但后来，你振作精神，慢慢能够开始治疗一些难缠的患者了，新出大夫非常欣慰。我们虽然采用了强制手段，结果却是好的，这对我们而言是莫大的好事。难为你能坚持到现在，我再次向你表示感谢。”

阿登沉默着回礼。

客厅换了座椅，晚宴开始了。阿登老实地听着源伯的话，并且坦诚地接受了这件事。自己能振作精神是去定的功劳。他在由美那里犯下的错，至今回想起来还羞愧得无地自容，那愚蠢的错误让他自暴自弃，不爱喝酒却整日烂醉如泥，还迁怒周围的人。去定在千钧一发之际救下阿登，却没有一句责骂，仍然让他照自己的心意做。去定不仅救了阿登，还把这段屈辱的经历埋在心底，没有告诉除森半太夫以外的任何人。

那就是我振作精神的契机。

阿登心想，这段屈辱的经历令自己打起了精神，去定对此只字不提，他的宽广胸怀成了自己的支柱。去定说过，他曾经盗窃，出卖朋友，背叛师门。阿登不知道这话是否指现实中发生的事，但阿登看到了他令自己重振精神的执着，还有对贫者的无疆大爱。这让阿登觉得该为自己犯下的过错赎罪。

“不知罪者审判他人，”阿登听到自己心底响起了一个声音，“知罪者绝不会审判他人。”

阿登心想，虽然不知道他经历了什么，但去定大夫深知罪恶的黑暗与沉重。晚宴过后，阿登说想与雅央谈谈，叫她来自己房间。雅央换了衣服过来。她穿着衣摆点缀了些许图案的江户小纹①窄袖和服，系着织有精致红叶图案的腰带，先前的浓妆

---

① 江户小纹：日本染布的一种，单色浸染，将细致的花纹留白。

也卸干净了。比起穿纯白婚服时的样子，现在的雅央看上去更加年轻。她的双颊健康又紧致，上面细小的汗毛晕染了一圈座灯的光，肌肤宛如即将成熟的蜜桃一般泛着红晕。阿登将火盆推到一旁。

四

“我有件事要问你，”阿登道，“天野叔叔刚才说，三月让我晋升为幕府见习大夫。”

“是。”雅央点点头。

“这曾经是我的心愿，我在长崎潜心学习，掌握了许多治疗方法。”阿登慢慢说道，“我希望成为幕府的见习大夫，因医术而扬名，成为幕府御用大夫，最终成为典药头①。但现在我不这样想了。”

雅央眨了两三下眼睛，用那双清澈动人的眸子看着阿登。

“简单说来，我打算留在养生所。”阿登继续说道，“虽然我还不确定这个想法是否会终生不变，但现在，比起追名逐利，我更想留在养生所。这还得和新出大夫商量。如果我留下来，生活会很艰苦，将来也与名利无缘，所以也需要你忍受贫困。我想请你好好考虑一下，是否愿意过这样的生活。”

“无须现在回答，我想听你仔细考虑过后的、真心的答案。”

---

① 典药头：江户幕府的职位之一，隶属若年寄，是官医的最高职位。

阿登道。那双能够流露纤细情感的大眼睛望着阿登眨了几下。眸子如水洗过一般清透，好像在肯定地说“我愿意”。

“仔细考虑后再回答，”阿登叮嘱道，“你可能无法想象贫困的生活是什么样子，但我的工作值得我忍受贫困。等你做出决定后，请给我写封信吧。”

“好，”雅央坚定地说，“我会照您说的做。”

阿登忽然觉得胸口涌起一股暖流。雅央心意已决，她不会再考虑了，她已经决心忍受一切困难。这不是无意识的盲从，而是建立在积极肯定之上的回答，不论发生什么，她都会坚持下去。阿登微笑着，充满爱意地看着雅央。雅央也对他微笑着，笑意染上了眼角，然后，她轻轻低下了头。

“没事的，已经没事了。”

阿登与家人告别，比天野一家更早离开了。他这样自言自语着。阴沉的夜晚很冷，但对于兴奋的阿登来说，这份寒冷十分惬意，他用力迈开大步，走得步步生风。

一回到养生所，阿登就去了森半太夫的房间。半太夫立刻为他和雅央的订婚献上祝福：“那姑娘一定会成为好妻子的，就算求也要求回家。但是，你要留在养生所，这可有点难办。”他说着歪起头。

“新出大夫已经决定了，”半太夫道，“很快津川就要来了。”

“津川？”阿登看着半太夫，“所以上次你说这里缺人手，是这个意思？”

“是啊，虽说津川玄三是个无可救药的家伙，但要是你走了，有津川总比没有强。”

“我会留下的，”阿登低声道，“就算新出大夫赶我走，我也纹丝不动。”

半太夫勾起嘴角笑了。“他变了，”半太夫心想，“他刚来时，整天只想着怎么逃出去。这也情有可原，正常人都会那样想。来看病的患者全都衣衫褴褛，要么是满身污垢、臭烘烘、脏兮兮的流浪汉，要么是附近的穷人。光是治疗这些人就忙得团团转，还要陪同外诊，薪酬又少得可怜。阿登不情愿留下并不奇怪，现在他情愿留下来才有些奇怪。”

“怎么了?”阿登道，“为什么这么看着我?”

“没什么，”半太夫答道，“只是，这事急不得，最好找准时机再和新出大夫说。”

“你会帮我说话吗?”

“我试试吧。”半太夫道。

第二天一早，天还未亮，阿登就被喧闹的声音吵醒，隐约能听到走廊里女人“放开我”的喊叫声，还有其他人抱住她的声音。阿登立刻起身更衣，离开房间去了走廊。走廊的挂灯还亮着，他光脚踩在地板上，像踩在冰上一样凉。发生骚乱的是病房门口，阿登走近一看，四个追上去的女帮工粗暴地按住了那个姑娘。

“安静点，”阿登道，“这里可住着重病患者呢。”

小绘立刻停止挣扎。

“这个人想要逃跑，”其中一个中年女人说道，“我来和小河换班，过来一看，这个人打开了窗户正打算出去呢。”

女人指着通向中庭的木窗，那窗户半开着。阿登关窗时，看到天色已蒙蒙亮。

“这姑娘交给我，”阿登对女人们说道，“你们回屋吧，辛苦了。”

女人们回到病房，阿登把小绘带回了自己的房间。他收拾寝具的时候，森半太夫来了。他解释了原委后，要半太夫留下，去找去定商量对策。去定正坐在桌前写字，听完阿登的话，他放下笔，思考了一会，最终发出“唔”的一声低叹。

“你在麹町见到天野了吗？”去定问起了毫不相干的事。

“办了订婚礼。”阿登说完，重提旧话，“那姑娘怎么办？她想逃跑，肯定是有什么隐情。”

“那姑娘不是白痴，就像她自己说的那样，她在装疯卖傻。”去定自言自语一样咕哝道，然后他忽然转头看向阿登，“你去仔细问问？”

阿登顿了一下，答道：“让森大夫去怎么样？”

“你去，”去定道，“你都快结婚了，说不定能问出什么作为参考。今天不用去外诊了，你自己去问。”

五

阿登用了两刻才问出小绘的话。

他叫人送来了早饭和茶水，但小绘碰也不碰，她自顾自坐在地板上，面朝墙壁，用尽全身的力量顽固地拒绝回答。过了十时，就在阿登想放弃的时候，小绘忽然清了清嗓子，用干涩的声音和嘲笑的语气说道：“都是些坏掉的车。”

阿登屏住气。小绘又陷入了沉默，终于，她晃动了一下肩膀，保持着背对阿登的姿势说道：“我会生下孩子的，不管谁说什么都要生，我自己会把孩子抚养成人的，你们等着瞧吧。”

阿登没有说话。他以为自己不说话，小绘也会继续说下去，但是她却闭上嘴，过了很久都一动不动。于是，阿登尽量不着痕迹地问道：“想生的话，在这里生就是了，为什么要逃跑呢?”

“因为我娘会来，”小绘答道，“下次她来的时候，大夫就会把我的孩子打掉吧，所以我要逃走，逃到别的地方生。”

过了五秒，阿登才又问道：“但是，没有父亲的话，抚养孩子可不简单吧。”

“哼，”小绘道，“父亲什么的……没有才更好呢。”

“为什么?”阿登问道。

小绘仍然面对墙壁，用没有感情的语气讲述着。

他的父亲名叫佐太郎，已经失踪了。他从前是个艺人，他没有专门的技艺，只会弹三味线，嗓子也不错。有时出演小剧场，也被叫去给客人表演，不过都是客串的水准，也挣不到什么钱，就算挣到钱也很少会带回家。母亲小金和他是在居酒屋认识的，小金迷恋他，二人却几乎没有不吵架的时候。不是因为生活穷苦，而是因为她怀疑佐太郎外边有女人，陷入了深深的嫉妒。

“我不在意钱的事。”小金经常这么说，“你是艺人，我从一开始就知道艺人没有财运，我说的是女人，别装了，又在哪找女人了？没错吧？”

然后他们开始拳脚相加。说到这，小绘突然转过头，直视阿登，双眼炯炯有神，她说道：“大夫您骗我呢吧？”

“我骗你什么？”

“引我说出这些，然后骗我打掉孩子，对吧？”

“别说傻话，”阿登道，“这里是公家的养生所，归町奉行管，一直有与力在这里值班，这种地方怎么可能在本人不同意的情况下打掉孩子呢？”

“男人都一样，”小绘低声咕哝道，“只要没有男人，女人和孩子就不用受罪了。”

阿登没有说话。小绘继续讲了起来。

小金十分迷恋佐太郎，只要是他的要求，不管多么荒唐都会答应。夫妇二人生了六个孩子，长女小律今年二十三岁，最小的妹妹小末九岁。当中还有次郎和兼次两个男孩，他们七八岁的时候就被送出去赚钱——被派去给人看孩子或是跑腿，父母轮流去雇主家，预支微薄的酬劳。小律十一岁时被送去了深川的艺妓屋，因为父母借出的酬劳太多，作为弥补，十二岁的春天，小律被要求接客。小律因为过于害怕逃回家里，佐太郎去交涉，不知说了什么，她又被送去本所安宅冈场所的一家妓院做用人。

“这次就是本分地做女佣。”佐太郎这样说。

最开始只是让她干些零活，跑跑腿什么的，过了五十天，又让她接客，她试图逃跑，又被抓了回来，被折磨得半死。在这五十天里，她的父母提前借走了将近十两银子。

“那时我八岁，在深川的八幡前的煎饼店看小孩，”小绘道，“后来有一天，我带着小孩去了姐姐做女佣的地方，听说了这些事。”

那时哥哥次郎九岁，在马食町的旅店做帮工。他也被预支了很多钱，经常抱怨自己都换了三份工作了，却连一文的零花钱都没攒下。她听了姐姐的事，在回去的路上想，自己和哥哥姐姐、四岁的弟弟兼次，还有刚出生不久的妹妹小花，大家都会成为父母赚钱的工具。这让她小小的心倍感凄凉。

小绘十岁的时候，换到下谷的蜡烛批发店做帮佣。半年后，姐姐来了，对她说工作太痛苦，所以逃出来了。小律已经十四岁了，但两年来工作的辛劳使她的身体和小绘没有差别，显得十分瘦小。

“我的身子已经脏了，就这样了，但是你一定要想清楚，可别做傻事。”分别时，姐姐说道。

从那以后，小绘一直在想如何才能不做父母的工具。父亲和母亲一如既往地来店里预支酬劳，他们在小花之后又生了妹妹小末，母亲的借口是“生活困难”。这样下去，小绘不久也会像姐姐一样被卖出去，这可怎么办？她左思右想，忽然浮现出一个好方法。

“蜡烛店在池之端仲町，那里有个叫阿松的傻子。”小绘继续道，“十七八岁的年纪，吃不饱饭，每天流着鼻涕和口水在街上转悠，除了小孩子们，谁也不理他。我注意到了阿松。”

变成傻子的话，就不用卖身了。十岁那年，小绘便下定了决心。一天，在仓库帮忙搬货的时候，她从梯子上掉下来，摔了脑袋和后背。她不是故意的，是真的踩空梯子，昏了过去。

六

“我醒过来，喝着别人喂的水，想这是最好的时机。”小绘道，“我那时头痛欲裂，连着两三天都直不起背，在这样的情况下，我开始装傻。”

因为她一直观察白痴阿松，所以照着模仿就行了。最先上当的是医生，他诊断说小绘是撞到了头才这样的，过一阵子就好了。小绘一时装作好了，一时又装作病情更严重了。近六的主人不算好人，但也不是坏人。尽管他觉得小绘变成这样是自己的责任，但是小绘已经不能干活了，所以他不再给佐太郎夫妇预支酬劳。

“小绘因为店里的工作才变成这样，我可以照顾她，但是我不会再给你们预支工资了。”

他说：“如果你们不愿意的话，之前借给你们的钱就一笔勾销，你们把带她走就是了。”佐太郎多次试图带小绘回家，小绘却抱着柱子，哭喊着“我不要回去”，声音大得整条街都能听见。她还咬父亲的手，闹个不停。

阿登一边听着，装作不经意地观察小绘的言行。她的话逻辑清晰，态度也正常，但是说话大舌头，而且不停用手背擦拭口鼻，就像擦着流下的鼻涕和口水，这些动作都像是白痴的行为。阿登心想，她大概是模仿久了，已经成了习惯。这使阿登震惊于人强大的意志力。

“如果他们是一般的父母，我也不至于装疯卖傻。”小绘继续说道，“但他们不是，他们从一开始就把孩子当作赚钱的工具，自己不正经工作，整日吃喝玩乐，游手好闲。”

放眼这世上，贫困的家庭大抵相同，就算是疼爱孩子的父母，也不得不受制于贫困的生活。“他们多多少少都会让孩子吃些苦，”小绘说道，“尤其是男人，我观察过，男人一过三十岁就会堕落。不是喝酒，就是玩女人，再不就是赌博，他们一定会开始玩乐，不再看妻子一眼。虽然我不了解有钱人的家庭，穷人也并非全部如此，但十之八九都是这样。”

“男人这种东西，就像早晚会坏掉的车，”小绘道，“与其等车坏了再来挑起负担，倒不如从一开始就自己背货。”

“所以我不会结婚的，母子二人过日子，靠母亲做女佣也能养活一个孩子。只有母亲的话，也不会让孩子受苦。我要生下这个孩子，好好抚养成人。”小绘说道。

“那么，”阿登问道，“你母亲让你打掉孩子，是还想利用你赚钱吗？”

“没错，”小绘点点头，擦了擦嘴角，“父亲三年前失踪后，她整日酗酒，把妹妹小花卖到了艺妓屋，甚至还想卖掉九岁的小末。”

“那她发现你装傻了吗？”

“不是的，”小绘用力摇头，“只要能满足身体就行，有些客人反倒觉得傻女人很稀奇，会特意来买呢。”

阿登沉默了一会儿。“真过分，”他说道，“还有这样的客人，太过分了，这样的人就是坏掉的车吧。”

“您会让我生下孩子吗？”

“不必担心，”阿登说完，用试探的目光看着小绘，“但是，男方怎么样？”

“怎么样？您指什么？”

“虽然你说不会结婚，但腹中胎儿总有个父亲吧。”

小绘轻笑了一声：“您不用担心这个，我告诉他怀孕了，打那以后他就再不见人影了。”

“不是店里的人吗？”

“谁知道呢？”小绘暧昧又狡黠地摇摇头，“我只是想要个孩子，傻子有了孩子，母亲也该放弃了，今后也不会再有男人纠缠我。我独自一人可能撑不过漫长的一生，但有了孩子，就算辛苦也值得，所以我只是想要个孩子，至于男方，我连他长什么样子都忘了。”

姐姐小律逃跑过一次，很快就被抓了回去。现在已经二十三岁了，换了好几家妓院，目前在千住的妓院工作。哥哥次郎突然加入了一个壮工组织，据说已经彻底学坏了。小绘虽然也牵挂十五岁的弟弟兼次和两个妹妹，但是她还要与即将出生的孩子一起守护自己的人生，光是这个就会让她精疲力竭。说到这里，小绘讲完了自己的事。

“我知道了，”阿登道，“我们会照顾你，直到你生下孩子。你回房间乖乖待着吧。听好了，逃跑只会给自己惹上麻烦。”

“好，”小绘点点头，“我绝对不会再逃跑了。”

当晚，阿登等去定出外诊回来后，告诉了他小绘的事。去定一直沉默地听着，阿登讲完后，去定仍然沉默着。于是阿登问道：“我们可以照顾她，直到她生下孩子吗？”

“直到她生下孩子……”去定惊讶地看着阿登，然后连忙点点头，“当然，我们当然要照顾她，不然也别无他法。”

阿登吞吞吐吐地说道：“我觉得问题在于她的母亲。”

“我去和那女人说，姑娘冷静下来了吗？”

“冷静下来了。”

“明天你去见一下近六的主人，”去定道，“跟他说明原委，告诉他我们会照顾她到生下孩子。主要问问等小绘康复后还会不会雇她做帮工。”

阿登答应下来。

七

第二天，阿登去拜访了池之端仲町的近六，和主人近江屋六兵卫聊了聊。虽然六兵卫怎么也不相信小绘是假的白痴，但他答应继续雇用小绘。

“我修理一下柜子，就让她住在那个房间吧。”六兵卫道，“不管是不是白痴，小绘勤劳肯干，能帮上不少忙，当然，我不会让她母亲接近她的。”

“那就拜托您了。”阿登叮嘱道。

回到养生所，刚好有重伤的病人被送了过来，整整二刻，阿登和半太夫忙得脚不沾地。他们终于处理完了伤口，伤者的情况也稳定下来，二人去食堂喝茶。这时，有人告诉他们有个叫小金的女人来了。阿登瞪大了眼睛，因为说话的不是负责传话的人，而是津川玄三。

“这不是津川嘛。”阿登道。

“您还记得我，真是荣幸。”玄三露出讽刺的轻笑，“我和保本总是相互接替呢，只不过这次回来的是我。”

阿登看向半太夫，半太夫皱着眉，别过了头。

“那女人怎么办？”

“新出大夫去见她，”阿登道，“让她等到新出大夫回来吧。”

“她喝醉了，”津川道，“在休息室大喊大叫，这样好吗？”

阿登想了一会儿，说道：“那我来见吧，把她带去我的房间。”

“带去您的房间是吧。”津川鞠了一躬说道，“遵命，少大夫。”

半太夫握紧了拳头。阿登目送着津川离开，对半太夫说道：“别在意。”

“别在意？”半太夫回过头说道，“保本要走了，当然不用在意，我可是要和他……”

“啊，”阿登起身，摆摆手，“别这么生气，他不会留在这儿的，我不是和你说过了嘛。”

半太夫松开拳头，再次握紧。

“但是，”半太夫反问道，“这不是你单方面决定的事吗?”

阿登沉默着低下头，他想说是。小绘十岁时便决心要保护自己，现在终于要生孩子了，她说要在这冰冷的世间将孩子好好抚养成人。去定的活法也是这样。比起眼下能够见到成效的事，反复做看上去无用的事，才能使人的期望开花结果。去定曾说，他在看起来徒劳的事上孤注一掷。

温床能培育任何幼苗，但即便在冰下，只要有培育幼苗的热情，就会有活下去的真正价值。

这些话，阿登没有说出口。

“我会留下来的，”阿登答道，“让我进来的是红胡子大夫，那就让他对我负责到底。”

然后，他们离开了食堂。

阿登回到自己的房间，看到津川玄三在和小金说话。与其说他们在说话，不如说他们相互纠缠。小金摇摇晃晃，大声说着脏话，津川则言辞露骨地应和着。

“啊，是您啊，”小金看见阿登说道，“我记得这张脸，一点也不讨人喜欢，还是这位大夫更好，一点也不装模作样。”

阿登沉默着坐到桌前。

“那么，”津川起身说道，“我的任务完成了，可以告退了吗？少大夫。”

阿登没有看他，也没有说话。津川玄三离开了。小金醉得不轻，想要坐直却扯破了膝盖的布料，露出浅黄色的贴身衣物。

“那个傻闺女的事怎么样了？”小金道，“没什么可说的，您会打掉她的孩子吧？”

“你女儿说想生下来。”

“愚蠢，”小金挥了挥手，像要挥开蜘蛛网似的，“像养生所大夫这样的人，不至于真的信了那种傻子说的话吧。请您早些处理掉吧，我们可不像那些大富豪，不能优哉游哉的。”

“你还是放弃为好，”阿登压抑着怒火，“你女儿说想生下来，我们也打算让她生，你最好不要再把她当作赚钱的工具了。”

说完，阿登意识到自己说多了。小金勃然大怒。原本因为醉酒而松弛的脸像拉紧的绳子一样僵硬，变得更加丑陋扭曲，那表情就像恨不得咬人似的。

“把女儿当作赚钱的工具？”小金道，“我什么时候把女儿当作赚钱的工具了？你有什么权力这样说？我活到现在，从来没被人在背后指指点点过，被您这样一说，我可没脸在这世上混下去了。好啊，我什么时候把女儿当作赚钱的工具了？你拿出证据来给我看看啊？”

“你的女儿小律在做什么？”阿登低声问道，“次郎、兼次和小花都怎么样？你打算让女儿小末做什么？”

“哼，”小金别过头，“这不关你事，他们都是我生养的孩子，不管母亲让孩子做什么，都轮不到你这个外人说三道四。”

“既然如此，就别说什么拿出证据来。”

小金喘着粗气，回过头来瞪着阿登。

“我可是那些孩子的母亲，”小金反驳道，“孩子为父母尽孝不是天经地义吗？我小时候也为父母受了不少罪，这就是所谓的亲子。”说到这，小金像是突然想到了什么，变得趾高气扬：“就连天皇都褒奖孝行，所谓百善孝为先，只有孩子向父母尽孝，这世间才能运转，不是吗？嗯？”

八

阿登气得浑身发抖。这个四十岁女人的育儿方式和人生经历与常人不同。他知道自己说不过她，但还是想说些话来刺痛她的肺腑。阿登一边颤抖一边想说什么，思考的时间很短，但在他开口说话前，纸门突然被拉开，去定来了。

小金吓了一跳，连忙坐正。去定坐在她面前，盯着她沉默了一会儿。纸门还开着，阿登刚要去关上，去定就摇摇头说道：“太臭了，开着。”

阿登坐下了。

“太臭了？”小金道，“这是在讽刺我吗？”

“不是讽刺，”去定道，“你腐坏的本性，搞得整个房间都臭得恶心，你好好闻闻自己。”

“你说我的本性怎么了?”

“不仅是本性，从脑袋到手指，你全身上下都坏到了骨子里。”去定道，“有因为食不果腹而让孩子出去赚钱的父母，但是没有自己身体健全却游手好闲、为了酗酒而卖掉孩子的父母，这样的家伙不是父母，也不是人。你听好了，就连狗都会拼命保护自己的崽子，就算自己不吃东西也要让崽子先吃。你连狗都不如。”

小金试图反驳，去定怒吼了一声：“闭嘴!”

“你女儿由养生所照顾，”去定继续说道，“我会把你交给町奉行，今后你再想把孩子当成赚钱的工具，得先知道自己会受到应有的处罚。”

“你以为我会被这话威胁吗?”

“回去吧，”去定道，“今后再打孩子的主意，可是会被绳之以法的。”

“我会信你的邪?”小金说着起身。“切，什么町奉行，”她脸色铁青，身体摇摇晃晃，“町奉行再可怕，也是天高皇帝远，别说大话了，我可要笑破肚皮啦。”

“说什么町奉行要来抓我，我小金可不怕这个。”她说着，踉踉跄跄地走出房间，去了走廊。

“不能这样，”去定低声念叨着，“我最近不对劲，以前可不会这样又是骂人又是羞辱人。那女人只是愚昧无知罢了，这不是那女人的过错，而是贫困和境遇的过错。”

“我不这样想。”阿登道。

去定睁开眼看着阿登："你不这样想?"

"我认为贫富和境遇的好坏，与人的本质无关。"阿登道，"我陪同您外诊的时间虽然只有一年，但也接触了各种各样的人，既有生长在富裕人家、学富五车却比贱民还卑劣的人，也有成长在贫苦难耐的环境中、目不识丁却令人敬佩的人。这样的情况我见过很多次。"

"因为毒草不管怎么培育都是毒草吗?唔，"去定道，"但是保本，人也会用毒草制作药效显著的药材。虽然叫小金的女人是个恶毒的母亲，但如果骂她、羞辱她，只会让她变得更恶毒。就像用毒草制作药材一样，我们也要努力激发恶人的善性，毕竟人总归是人啊。"

"换个话题，"阿登平静地问道，"这次您叫津川回来，也是出于这种考虑吗?"

"为什么说起津川了?"

"我想知道您的想法。"

"你也想挨骂吗?"

"可能的确会挨骂，"阿登冷静地说道，"您无须叫津川回来，我打算留在这里。"

去定眯起眼睛："谁同意了?"

"您。"

"我?我同意了吗?"

"您同意了。"

"不行，我不同意。"去定摇摇头，"保本登要晋升为幕府见习大夫，这事已经定下了。”

“正因为是养生所，才需要真正的医生——当初您和我说过这话。”阿登坚定地说道，“而且，通过在这里的生活，我明白了医术即仁术。”

“你说什么?”去定突然语气激动地打断了他的话，“医术即仁术?”去定变了脸色，但立刻意识到了自己的冲动，他大口呼吸，让声音平静下来：“所谓医术即仁术，不过是唯利是图的庸医和粉饰门户以赚取医药费的不称职的家伙说出的漂亮话罢了。他们这么说，是为了掩盖他们赚黑心钱的事实。”

阿登沉默不语。

“别说仁术了，医学连一个感冒都治不好，无法正确判断病因，一味依赖患者的生命力，不过是摸索着进行治疗罢了。并且，大多数医生都是不称职的，甚至都不肯努力摸索。”

“既然如此，”阿登道，“您还要让我离开，让津川回来吗?”

“这是两码事。”

“您知道，这不是两码事。”阿登道，“我跟您直说，就算拼尽全力，我也要留在这里。我见识了您高超的医术，但我也不会甘拜下风，您要是不想让我留下，就用尽手段赶我走好了。”

“你真是个傻小子啊。”

“拜您所赐。”

“傻小子，”去定起身说道，“你现在仗着年轻气盛说出这些话，早晚会后悔的。”

“您这是同意我留下了吗?”

“你早晚会后悔的。”

“以后再见分晓,”阿登低下头说道,“谢谢您。”

去定慢步走出了房间。

图书在版编目（CIP）数据

红胡子诊疗谭 / (日) 山本周五郎著 ; 隋泽宇译
. -- 苏州 : 古吴轩出版社, 2020.5
ISBN 978-7-5546-1550-8

Ⅰ. ①红… Ⅱ. ①山… ②隋… Ⅲ. ①长篇小说—日本—现代 Ⅳ. ①I313.45

中国版本图书馆CIP数据核字(2020)第074613号

责任编辑：韩桂丽
见习编辑：胡敏韬
责任校对：孙佳颖　李　倩

书　　名：红胡子诊疗谭
著　　者：［日］山本周五郎
译　　者：隋泽宇
出版发行：古吴轩出版社
地址：苏州市十梓街458号　　邮编：215006
电话：0512-65233679　　传真：0512-65220750
出 版 人：尹剑峰
印　　刷：无锡市证券印刷有限公司
开　　本：880 × 1240　1/32
印　　张：8.5
版　　次：2020年5月第1版　第1次印刷
书　　号：ISBN 978-7-5546-1550-8
定　　价：42.00元